全球最经典的一百本少儿书

圣诞颂歌

一次穿越过去、现在与未来的圣诞夜灵魂救赎之旅

A Christmas Carol

Charles Dickens
[英]查尔斯·狄更斯◎著　骆园园◎译

江苏凤凰文艺出版社
JIANGSU PHOENIX LITERATURE AND ART PUBLISHING

图书在版编目（CIP）数据

圣诞颂歌 / (英) 狄更斯 (Dickens,C.) 著 ; 骆园园译 . -- 南京 : 江苏凤凰文艺出版社 , 2016 (2024.10 重印)
（全球最经典的一百本少儿书）
ISBN 978-7-5399-7056-1

Ⅰ . ①圣… Ⅱ . ①狄… ②骆… Ⅲ . ①长篇小说—英国—近代 Ⅳ . ① I561.44

中国版本图书馆 CIP 数据核字 (2015) 第 054625 号

书　　名	圣诞颂歌
著　　者	（英）狄更斯
译　　者	骆园园
责任编辑	孙金荣
出版发行	凤凰出版传媒股份有限公司 江苏凤凰文艺出版社
出版社地址	南京市中央路 165 号，邮编：210009
出版社网址	http://www.jswenyi.com
经　　销	凤凰出版传媒股份有限公司
印　　刷	艺通印刷（天津）有限公司
开　　本	652 毫米 ×960 毫米　1/16
印　　张	13
字　　数	160 千字
版　　次	2016 年 2 月第 1 版
印　　次	2024 年 10 月第 3 次印刷
标准书号	978-7-5399-7056-1
定　　价	49.80 元

（江苏凤凰文艺版图书凡印刷、装订错误可随时向承印厂调换）

目录

圣诞颂歌

狄更斯童话选

圣诞颂歌

第一节[1]

马利的鬼魂

故事开始的时候，马利就已经去世了。这一点毋庸置疑。牧师、教堂执事、送葬者都在他的葬礼登记簿上签了名。斯库里奇[2]也签了。他在交易所[3]的名声很响，凡是他插手的事，都绝无问题。老马利的去世像钉死的门钉[4]一样了。

请注意！实际上，我并不是想说门钉与死亡之间存在什么特别的联系。我自己可能更倾向于认为，棺材钉是市场上出售的钉得最死的东西。但这个比喻是我们先辈智慧的结晶，即使是我这不虔诚的思想也不能随便去改动它，否则国家就完了。所以请允许我再强调一次：马利确实已经死了，板上钉钉！

斯库里奇确定马利死了吗？那是自然，这还能有假？他和马利是多年的合作伙伴，同时也是马利唯一的遗产执行人、继承人、管理者以及财产过户人，也是马利唯一的朋友以及送葬者。事实上，斯库里奇并没有因为马利的去世而深受影响，他真的是个杰出的商人，就在葬礼当天，他将葬礼举办成了一场彻底的、隆重的交易会。

说到马利的葬礼，我又得重申第一节开头的内容：毫无疑问，马

---

① 节，原文为 Stave，表示诗或歌曲的一节。作者用这个词代替章(Chapter)，表明这是一本用散文写的圣诞颂歌。

② 斯库里奇，原文为 Scrooge，英语中有“推，挤”的意思，作者选用这个词作为人名，含有讽刺意味。后在英语中作“吝啬鬼”解。

③ 此处是指“伦敦交易所”，是英国金融中心。

④ 原文 as dead as a door-nail 出于英国古代民谣。

利已经死了。我们必须清楚地认识这一点，否则就无法体会到我即将叙述的故事所带来的乐趣。正如戏剧《哈姆雷特》①中，假如故事开场不是以哈姆雷特的父亲已经去世为背景的话，那么他于某个东风习习的夜晚，独自漫步于城墙下的场景便也毫无深刻的意义，与其他那些在清风吹拂的夜晚冲进黑夜的中年绅士没有两样——比如在圣保罗大教堂墓地出现，仅仅只是为了刺激孩子柔弱的心灵。

马利死后，斯库里奇并未将老马利从公司除名。多年后，仓库门上依然写着：斯库里奇和马利。这家商号就称作“斯库里奇和马利”。有时候，不熟悉这行生意的人也会称斯库里奇为“斯库里奇”或者“马利”，斯库里奇也都认可，对他来说，这都一样。

噢！斯库里奇是个吝啬鬼，一个奸诈、虚伪、刁钻、刻薄、抠门、贪婪的老坏蛋！他就像燧石一样，又坚硬又锋利，没有金属能使其摩擦出慷慨之火；又像牡蛎一般，封闭、沉默寡言而且孤立。他内心的冷漠冻结了他原有的性情，塑尖了他的鼻子，枯蔫了他的脸颊，僵化了他的步伐。他的眼睛泛红，嘴唇发青，刺耳的嗓音透着狡黠。他的额头、眉毛以及坚硬的下巴都好似结着一层冰霜。他始终是一副冷漠的态度，冷漠得让这间办公室即便是在三伏天里都透着阵阵寒意，就算是在浓情暖暖的圣诞节也是如此。

外界的冷暖对斯库里奇没有丝毫影响。任何热情都不能让他感到温暖，也没有严寒能让他感到寒冷。寒风肆虐虽凛冽，不若他言语刺骨；雪花飘落虽决绝，不似他态度冷漠；甘霖普降虽难求，不如他铁石心肠一毛不拔。再恶劣的天气都无法与他匹敌。但无论暴雨、大雪、冰雹抑或是雨夹雪，和他比起来都有一点值得自傲之处，那就是它们通常大方“布施”，而斯库里奇从不。

---

①《哈姆雷特》，莎士比亚四大悲剧之一，剧中主角名为哈姆雷特，他是丹麦王子，其父被叔父害死。剧中第一幕第一场就是故王鬼魂出现在城堡上。

在斯库里奇的一生中，在街上，没有人微笑着跟他打过招呼："亲爱的斯库里奇先生，最近好吗？什么时候来我家坐坐啊？"没有乞丐向他乞求过施舍；没有小孩向他询问过时间；没有男人或妇女向他问过路；甚至连盲人的导盲犬都似乎认识他，只要看到他靠近，就把主人拖进门廊带到内堂，然后摇摆着尾巴，仿佛在说："我的主人啊，没有眼睛总好过拥有一双带来凶险的眼睛①！"

可斯库里奇才不在乎呢！这正是他最乐意的：坚决与别人的生活轨迹划清界限，坚决拒绝给予别人同情。这对斯库里奇来说便是熟知内情人所谓的"好运气"。

从前某一天，也是一年中最美好的日子——平安夜，老斯库里奇在账房忙碌着。天气很冷，冰凉刺骨，有些雾蒙蒙的。他可以听到屋外空地上人们急促的喘息声，人们拍打着自己的胸脯，踩踏着路面的石头取暖。城市的时钟刚过三点，天色却已很昏暗了。这一整天都没亮堂过。透过隔壁办公室的窗户，可以看到烛光在闪烁，像是氤氲空气中的一抹红晕。雾气蜂拥而至，渗透进每一道裂缝，甚至每个钥匙孔。屋外的雾很浓厚，昏暗的云层覆盖下来，笼罩着整片大地，模糊了一切，让人觉得大自然近在咫尺，似乎正在策划一场巨大的阴谋。

斯库里奇账房的门依然开着，或许他正在盯着他的职员。较远处，一间类似储物室的阴暗小房间里，职员正在抄写信件。斯库里奇房间里生着微弱的炉火，然而职员的炉火还要小得多，像是只燃着一小块煤炭。但是他不敢重新添加煤炭，因为煤炭箱放在斯库里奇的房间里，并且可以肯定的是，要是他拿着煤铲进来，必然会被老板解雇。因此，他裹上了他那条白色羊毛围巾，试着靠微弱的烛火取暖。

---

① 原文为 evil eye，按照国外迷信的说法，有一种人生有一种超自然的凶眼，瞧一眼就能带来巨大的灾难。

但他的想象力不够丰富，所以尝试失败了。

“圣诞节快乐，舅舅！上帝保佑你！”一个愉悦的声音传来。这是斯库里奇外甥的声音。他出现得太快，以至于这声音就成了斯库里奇得知他到来的第一个消息。

“呸！”斯库里奇说道，“胡说！”

斯库里奇的外甥在大雾和严寒中一路快步小跑而来，浑身冒着热气，整个人都热气腾腾的。他的脸庞英俊红润，眼睛炯炯有神，随着喘息，嘴里呼出阵阵白雾。

“圣诞节是胡说？舅舅！”斯库里奇的外甥说，“你不是当真的吧？我确定不是。”

“我就是这个意思，”斯库里奇说，“圣诞快乐？！你有什么资格快乐？你有什么理由快乐？你够穷的了。”

“好啊，那么，”外甥欢快地回应到，“你有什么资格忧郁？你有什么理由郁闷？你够富的了。”

斯库里奇一时找不出更好的言语应答，再次蹦出“呸”，继而跟了句“胡说”。

“别生气，舅舅。”外甥说。

“我怎么能不郁闷，”斯库里奇反问道，“活在这样一个笨蛋世界里？什么圣诞节快乐！去他的圣诞节快乐！圣诞节对你来说不过就是该付账单却没钱的时候；是发现自己老了一岁却没多赚一毛钱的时候；是该结清账目却发现每个月份里的项目都让你无利可图的时候。如果照我的意愿，”斯库里奇愤慨地说，“每个嘴上挂着‘圣诞节快乐’到处乱跑的白痴，都该和他的布丁一起煮熟，下葬时胸口还要插上冬青枝①。就该这么做！”

---

① 欧洲中世纪风俗，把杀人犯埋葬在十字路口以后，用一根柱子刺穿其心脏，插在那儿。冬青在圣诞节常作为室内装饰，并在进餐时插在葡萄干布丁上。

“舅舅！”外甥恳求道。

“外甥！”舅舅严厉地回答，“你用你的方式过圣诞节，让我用我的方式来过。”

“过节？”外甥重复斯库里奇的话，“可是你又不过节。”

“那我就不过好啦。”斯库里奇说，“愿它能给你带来好处！它一向也没给你带来什么好处吧？”

“我敢说，这世上有很多事是源自善良而非利益，”外甥反驳道，“圣诞节就是其中之一。每当圣诞节来临时，我都一直深信它就是个好时节。即使撇开人们由于它神圣的名誉和起源而产生的崇敬之心，撇开所有属于它的东西，圣诞节依旧是个好时节，一个慈悲行善、宽恕、快乐的时节。据我所知，在一年长长的光阴里，唯有此时，人们才能不约而同地敞开封闭的心扉，将所有人视为人生旅途的伙伴，而非在其他旅程中碰上的异类。因此，舅舅，虽然我的口袋不曾因此赚到分毫，但我相信它对我有益，并且会一直持续下去。所以我说，上帝保佑！”

待在小房间的职员情不自禁地鼓起掌来，但是马上就意识到这举动不合时宜，便转而拨弄着火苗，直至将最后一点微弱的火星彻底熄灭。

“再让我听到你发出声音，”斯库里奇说，“那你就等着庆祝一个失业的圣诞节吧！”“你的演说真是铿锵有力，先生。”他又转向他的外甥，添加一句，“真奇怪，你怎么没去当政客。”

“别生气，舅舅。来吧，明天跟我们共进晚餐吧。”

斯库里奇说他宁愿看到他——不错，他确实看到了，他接着还是把整句话都表达了出来，说他宁愿看到他外甥那副死样子，也不去与他们共进晚餐。

“那是为什么呢？”斯库里奇的外甥嚷道，“为什么呢？”

“你为什么要结婚？”斯库里奇问。

“因为我坠入爱河了。”

“因为你坠入爱河?”斯库里奇咆哮着说,好像那是天底下唯一一件比过圣诞节更荒谬的事了,“再见!”

“别这样,舅舅,在我结婚之前你从未来看过我,现在为什么又要把它作为不加入我们的理由呢?”

“再见!”斯库里奇说。

“我对你别无所求,为什么我们不能做朋友?”

“再见!”斯库里奇再次重复。

“你坚决的态度真令我遗憾,我们之间从未有过这样各执一词的争吵。不过为了圣诞节我得尽力,并且我要把我对圣诞节的好心情维持到底。所以,祝你圣诞节快乐,舅舅!”

“再见!”斯库里奇说。

“还有,新年快乐!”

“再见!”斯库里奇说。

尽管如此,他的外甥依旧毫无怨言地离开了那个房间。他停在外面那扇门处,向职员表达节日的问候。职员身体虽寒冷,内心却比斯库里奇来得温暖,因为他热忱地回应了祝福。

“又一个笨蛋!”听着他们的对话,斯库里奇咕哝着,“一星期领十五先令的伙计,要养老婆和一家子人,却满嘴什么圣诞节快乐。我真是快被逼疯了①。”

职员送走了斯库里奇的外甥,又迎来了另外两个人。他们是身材魁梧的绅士,看起来和蔼可亲,这会儿已经脱下了帽子,站在斯库里奇的办公室。他们手里拿着簿子和纸张,对斯库里奇鞠躬。

“我想,这儿是‘斯库里奇和马利’商号吧?”其中一个绅士对着他

---

① 原文为 I'll retire to Bedlam,Bedlam 是 Bethlehem 的讹误,是英国的一所精神病医院。

的名单说，“请问我是否有幸和斯库里奇或马利先生说个话？”

“马利先生过世七年了，”斯库里奇回答说，“他就死于七年前的……这个晚上。”

“那么，我们深信他那位还健在的合伙人一定会延续他的慷慨义举。”那位绅士一边说着，一边向斯库里奇递出他的身份证明。

果不其然，因为他和马利属于同样的性格，所以一听到那个不吉利的字眼“慷慨义举”时，斯库里奇便皱眉、摇头，顺手归还了身份证明。

“在这个欢庆的节日里，斯库里奇先生，”绅士拿出一支笔，说道，“我们更应该比平常还要乐于向贫穷困苦的人捐献些许生活必需品，他们正遭受着巨大痛苦。许多人正渴求温饱，先生。”

“不是有监狱吗？”斯库里奇说。

“监狱？是有很多。”绅士放下笔，说道。

“还有联合救济院呢？”斯库里奇继续追问，“它们仍在运营吧？”

“是有。不过，”绅士回道，“我倒希望没有。”

“牢里的犯人还在工作吧？《贫民法》也在充分发挥效力吧？”斯库里奇问道。

“都非常繁忙，先生。”

“哦！听你一开始所说的，我感到担心，它们是不是发生了什么事，从而使有用的工作停顿下来了？”斯库里奇说道，“听到你后来说的，我很欣慰。”

“鉴于他们几乎不向群众提供符合基督教义的身体或心灵上的愉悦，”绅士回答说，“我们有些人正在热心募款，想为穷人买些肉和酒，还有御寒用品。我们之所以选择圣诞节，是因为和其他一些时候比起来，现在正是穷人迫切需要、富人寻欢作乐的时候。请问要以谁的名义捐？”

“不用了。”斯库里奇回复。

“您希望是匿名？”

“我希望你们别来烦我，”斯库里奇吼道，“两位，既然你们问了，那这就是我的回答。我不打算在圣诞节找快乐，也出不起钱让懒惰的人快乐。我支持我刚刚提到的那些机构，它们花的钱够多的了，那些穷人就该去那里。”

“很多人是进不去的，而且很多人宁死也不去。”

“要是他们情愿死掉，”斯库里奇说，“那他们最好赶快去死，也好减少一下过剩的人口。此外，请原谅，我不懂那一套。”

“可是您也许懂的。”绅士看着他说。

“这不关我的事，”斯库里奇回复道，“一个人管好自己的事，并且不去干涉别人，就足够了。我的事已让我手忙脚乱了。再见，两位！”

两位绅士清楚地知道再纠结下去也无用，便告辞了。斯库里奇继续手头的工作，心里洋洋自得，比起平常来，情绪轻松愉快得多。

此时，浓雾越发凝重，天色越发黑暗，只见引路人①手执熊熊燃烧的火炬到处奔跑去招揽生意。他们奔跑到马车前面，引导马匹安全前行。教堂上古老的塔楼，如今也看不清了；塔楼里那粗声粗气的老钟，总是透过墙上哥特式②的窗口狡猾地窥视着斯库里奇。它在云雾里每时每刻地敲响着，云雾中传来敲击后颤抖的余音，好似因为高处的寒冷令它的牙齿不停地打着寒战。天气越发寒冷了。大街上，法院的拐角处，工人们正在修理煤气管道。他们点燃了一个火盆，火苗旺盛，一群衣衫褴褛的大人和小孩正兴高采烈地围着火盆取暖。水从闲置已久的消防栓中溢出，缓缓地凝结成了愤世嫉俗的冰块。冬青枝和浆果正在商店橱窗炙热的灯火中噼啪作响，店铺里透出的亮光和温暖，将过路人苍白的脸颊照得绯红。家禽贩子和杂货

---

① 过去在夜雾笼罩伦敦时，街上常有手执火炬的引路人为车辆引路。

② 一种建筑式样的名称，以尖拱形为其特征。

商的生意变得极富戏剧性：几乎难以相信，如此毫无趣味和原则的买卖及交易与这样一场辉煌的盛会能有什么关系。在那豪华的市长官邸里，市长大人命令他手下的五十个厨师和管家们，要把圣诞节过成市长家中应该有的样子。就连上周那个因为喝醉酒在街上发酒疯而被市长罚款五先令的小裁缝，这时也在阁楼里搅拌着明天要用的布丁，他那瘦骨嶙峋的老婆则带着孩子出去买牛肉了。

迷雾更加浓重，天气更加寒冷，冷得刺脸、切肤、彻骨！如果高明的圣邓斯坦①是用这样恶劣的天气（而不是他惯用的武器）去钳魔鬼鼻子的话，那么魔鬼必定会有强烈的理由大声咆哮了。一位年轻人谦恭地弯着腰，对着斯库里奇门上的钥匙孔奉献了一首圣诞颂歌。由于饥饿和寒冷，他感觉好似恶犬在咬噬自己的骨头那般。可他刚唱两句——

愿上帝保佑你，快乐的绅士。

愿你无忧无虑！

斯库里奇就气势汹汹地抓起一把尺子冲了过来，吓得那个唱圣诞颂歌的人慌忙逃走了，留下那个钥匙孔面对着迷雾，以及与斯库里奇意气相投的严寒。

终于到了账房打烊的时候，斯库里奇不情愿地起身，向待在小房间里期盼已久的职员默许可以下班了。职员立刻吹熄蜡烛，戴上帽子。

"你明天想放整天的假，对吧？"斯库里奇说道。

"如果方便的话。"

"不方便，"斯库里奇说，"也不公平。要是我扣工资，你会觉得被

---

① 圣邓斯坦（924—988），英国修道士，也是宝石匠、铁匠、画家和政治家。

剥削了。”

职员微笑着。

“可是，”斯库里奇说，“你难道不觉得你一天没工作，而我还照样付你工资，是我受到了剥削？”

职员说一年不过就这一次。

“每年的十二月二十五日就用这烂理由扒人家口袋里的钱！”斯库里奇边说边扣上大衣扣，一直扣到下巴，“不过我看你还是想放一整天的假，那么后天可要早点来上班。”

职员答应了他。斯库里奇咕哝着走了出去，瞬间就关上了门。职员围着那条长长的白羊毛围巾（因为他没有大衣可以炫耀），围巾的两头在腰部摇晃着。他跟在一群男孩身后，沿着康希尔大街一路下滑，用以庆祝圣诞节前夜。然后他以最快的速度冲刺，跑到位于卡姆登镇的家中，玩捉迷藏去了。

像往常一样，斯库里奇去了那个他经常光顾的阴郁的酒馆，在那儿吃完了他压抑的晚餐。他看完所有的报纸，又欣赏了一下存折，以消磨夜晚余下的时光，然后就回家睡觉了。他住在那个曾属于他已故合伙人的房子里。那是一套昏暗的房间，矗立在院子中间，显得那么格格不入，让人不禁幻想：是不是它年轻的时候和其他的房屋玩躲猫猫游戏时跑到了这里，却找不到回去的路了。如今，它已相当古老，也相当沉闷，这里除了斯库里奇，谁也不愿去住。其他的房间都已出租作为事务所了。院子如此昏暗，即便是对这里每一块砖石都了如指掌的斯库里奇，也不得不伸手摸索着前行。迷雾和寒气弥漫在漆黑、破旧的房屋的正门口，好像掌管天气的神灵正坐在门槛上悲哀地冥想一样。

可以确定的是，门环确实没有任何特别之处，只是大得很。自从斯库里奇住到这里，早晚都能看到门环，这也是实实在在的事。并且还有一个事实：斯库里奇缺乏那种叫做“想象力”的东西，和伦敦市里的任何人一样，甚至包括市政当局、市参议员以及伦敦同业公会会员（这是一句斗胆的话了）。值得注意的是，自从七年前的那个下午马利去世后，斯库里奇就再也没有想过马利。那么如果可以的话，是否有谁能给我解释一下这到底是怎么发生的：就在斯库里奇将钥匙插进门锁的一刹那，他所看到的那个门环瞬间转化成了马利的脸庞。

马利的脸庞并不像院子里其他事物那样是看不透的阴影，而是周围萦绕着一圈暗淡的光晕，像是黑暗地窖里一只变质的龙虾。它看起来既不怒气冲冲，也不狰狞凶恶，只是像马利生前看斯库里奇那样看着他：那副幽灵般的眼镜推到幽灵的额头上。它的头发令人惊奇地飘动着，像是被微风或热气吹动着；它的眼睛虽睁得大大的，却一眨也不眨。这副神情，再加上铁青的脸色，更让人害怕。不过这种可怕似乎是这张脸控制不了的，似乎并不属于它表情的一部分。

正当斯库里奇定睛仔细看这个幻影时，它又变成了门环。

要说他没被吓到，或者说他的血液里没有感受到有生以来从未感受过的恐怖，那么这都是不真实的。然而他还是伸出刚刚缩回去的手，坚定不移地开了门，走了进去，点亮了蜡烛。

关门前，他确实有些犹豫不决，停顿了一下。而且，他的确先谨慎地打量了一下门背后，仿佛他已经料到自己会心惊胆战地看到那一幕，看到马利的辫子从门缝里翘到门厅里来。但门后除了钉住门环的螺丝钉和螺丝帽之外，什么都没有。因此他嘴里嚷嚷着“呸，呸”，同时砰地关上了门。

那声音像打雷一样在整个屋子里回响着。楼上的每间房，楼下酒商地窖里的每个木桶，似乎都在发出自己独特的回声。斯库里奇可不是会被回声吓到的那号人。他拴上门，穿过大厅，慢慢爬上楼梯，边走边修剪蜡烛芯。

你可以含糊地说将一辆六匹马拉的马车驱赶上一道相当陈旧的

阶梯，或是去穿过国会新制定的法案①，可我想说，你可以弄一辆灵车驶上那道楼梯，并且横着上去，车前横木朝着墙壁，车门朝着扶手栏杆，这绝对很容易做到。房间的宽度足够，并且绰绰有余，这或许就是为何斯库里奇觉得他看见一辆灵柩车于冥冥之中在他面前前行。街道上仅仅有五六盏煤气灯，不可能把过道照得很亮，因此你可想而知，光靠斯库里奇的一盏残烛，那儿还是相当黑暗的。

斯库里奇继续往楼上走，对此毫不介意。黑暗是廉价的，所以斯库里奇喜欢。不过，在关上那扇厚重的门之前，他还是巡视了各个房间，确保一切都安然无恙。那张脸带给他的回忆足够让他这样做了。

客厅、卧室、储藏室，毫无异常。没人躲在桌子底下，沙发下面也没人。壁炉里摇曳着微弱的火苗，勺子和盆子早已准备就绪，铁架子上还有一小锅粥（斯库里奇有点感冒了，所以他为自己熬了点粥）。床底下、壁橱里都没藏着人，也没人躲在那件挂在墙上、形迹可疑的睡衣里。储藏室也一切如旧：陈旧的消防装置，破旧的鞋子，两只鱼筐，一个三脚脸盆架，还有一根拨火棒。

一番巡视过后，他心满意足，便关上了房门，把自己锁在里边，并且加上了双保险，他平时可不是这样的。采取了如此安全的措施以防不测之后，他终于解下领结，穿上睡衣和拖鞋，戴上睡帽，坐到壁炉前喝粥。

壁炉中的火苗确实相当微弱。如此寒冷的夜，这么微弱的火苗也只是杯水车薪。为了能够从那一小堆燃料上获得一丝温暖，他不得不挨着炉火坐着，弯着腰。壁炉已经很古老了，是很久之前由某个荷兰商人建造的。壁炉周围铺满了古雅的荷兰瓷砖，阐释着《圣经》

---

① 由于英国国会法案中常有措辞不严密之处，有许多空子可钻，当时的爱尔兰民族主义者丹尼尔·奥康纳尔（1775—1847）曾宣称，他能够赶着一辆六匹马的马车穿过任何此种法律。

的故事。图案上有该隐和亚伯①、法老②的女儿们、示巴③女王、驾着羽毛褥垫般的云朵从空中落下的天使信者、亚伯拉罕④、伯沙撒⑤以及乘着船形奶油碟起航出海的使徒们⑥，千姿百态，牵引着斯库里奇的思绪。然而已去世七年的马利的那张脸，像是古代预言家的法杖一样，飘来吞没了这一切⑦。假如这每一块光滑的瓷砖都是空白的，并且有一种力量能够把斯库里奇杂乱的意识在砖块上印成某种图案的话，那么每一块瓷砖上必定都是老马利的头像。

"胡闹！"斯库里奇一边说道，一边向房间那一头走去。

在房间里来来回回转了几个圈之后，他又坐下了。他把头往后仰靠在椅背上，目光恰好停留在一只铃铛上，一只已废弃不用的铃铛。过去这只铃铛挂在房间里，是为了与这栋楼最高层的一个房间取得联系，但其具体目的现已无从知晓了。斯库里奇感到大吃一惊以及一种莫名的、难以言表的恐惧。他瞧着那只铃铛，铃铛竟然开始摇晃起来。开始时摇晃得很轻微，几乎听不到它所发出的声响，但不久后，它便突然剧烈地晃荡着，使得屋子里所有的铃铛都共鸣起来。

铃声大概持续了半分钟，或者可能是一分钟，却好像有一小时之久。而后铃声就如它们同时响起一般又一同静了下来。紧接着便从地底深处传来了当啷当啷的嘈杂声，就好像有人正在用一条沉重的

---

① 该隐和亚伯是亚当和夏娃生的两个儿子。

② "法老"是古埃及国王的称谓。

③ 示巴是古代住在阿拉伯西南的也门国内的一个民族。示巴女王曾因为听说以色列王所罗门聪敏过人，专门前去拜访。

④ 亚伯拉罕是犹太民族的祖先之一。他曾受到上帝的考验，愿意把亲生子以撒作为牺牲，献给上帝。

⑤ 伯沙撒是古巴比伦的末代国王。

⑥ 指耶稣的十二个门徒：彼得、约翰、安德烈、多马、马太、巴多罗买、西门、犹大、马提亚、雅各、腓力和雅各(亚勒腓之子)。他们曾航海到小亚细亚各地传道。

⑦ 据《圣经》记载，摩西和亚伦二人遵奉耶和华，往见法老行奇事以显神迹。亚伦将杖掷地变成蛇，法老招术士们，也都将杖掷地，变成了蛇，然而，亚伦的杖把术士们的杖全都吞了下去。

铁链拖拽着酒商地窖里的酒桶一样。斯库里奇此刻记起来曾听闻那些生活在鬼屋里的鬼魂就是拖着铁链的。

伴随着一声轰鸣，地窖的大门突然打开，然后他便听到嘈杂声变得更大了，先是在下面的地板上，然后走上楼梯，而后径直朝着他的房门走来。

“真是胡闹！”斯库里奇吼道，“我才不会相信呢！”

但是当它穿透厚重的房门，进入房间突然出现在他眼前时，他的脸色瞬间变了。当它一走进屋子，那奄奄一息的火苗就升腾起来，仿佛在哭喊着说：“我认识他，那是马利的鬼魂！”斯库里奇再一次瘫软下来。

还是那张脸，一模一样。马利扎着小辫，身着常穿的背心、紧身衣裤和靴子；皮靴上的流苏竖立着，就像他的辫子、上衣的下摆和头发那样。他牵引的链条紧紧捆绑着他的身体。铁链很长，缠绕在他的身上就好像是一条尾巴。斯库里奇靠近仔细一瞧，那链条是用钢铁锻造的，由保险箱、钥匙、挂锁、账簿、契约书以及沉甸甸的钱包组成。他的身体是透明的，所以透过他的背心，斯库里奇可以看到他衣服背后的两颗纽扣。

斯库里奇经常听别人说马利没心没肺，但直到此刻他才相信这一点。

不，直到此刻他也无法相信这一点！尽管他反复观察了这个幽灵，看到它就站在自己的面前；尽管他感受到了它那冷冰冰的双眼所带来的寒意；尽管他也注意到了在它的额头和下巴上包扎着的特殊材质的折叠手帕，那种包装他从来没见过；但他始终无法相信，依旧在和他的直觉作斗争。

“等等，”斯库里奇说道，一如既往的刻薄和冷漠，“你要我做什么？”

“很多。”毫无疑问，这是马利的声音。

“你是谁?”

“问我过去是谁。”

“那你过去是谁?”斯库里奇提高嗓门问道,“就一个阴魂而言,你还真爱挑字眼。”他本想说“从某种程度来说”,但为了确切起见,他还是临时换了那句话。

“我生前是你的合伙人,雅各布·马利。”

“你能……你能坐下吗?”斯库里奇一脸疑惑地望着他,问道。

“可以。”

“那就坐吧。”

斯库里奇之所以问这个问题,是因为他不知道如此透明的鬼魂是否能够坐到椅子上,而且觉得万一它无法就座,那他可能有必要作一番尴尬的解释。但是鬼魂就在壁炉对面坐下了,好像一切都习以为常。

“你不相信我是真的。”鬼魂注意到斯库里奇疑惑的表情。

“没错。”斯库里奇说。

“关于我是否是真的,除了凭你的直觉以外,你还需要什么证据?”

“我不知道。”斯库里奇回答道。

“你为什么怀疑你的直觉呢?”

“因为,”斯库里奇接着说道,“因为最小的事都会影响我的直觉。肠胃稍微不舒服,直觉就会不靠谱了。你也许是一小口没消化掉的牛肉,一坨芥末酱,一团乳酪,一块没煮熟的马铃薯。不管你是什么,你都不可能是鬼!”

斯库里奇并不习惯讲笑话,在他心里,无论如何他都不觉得有一丝一毫的打趣逗乐。事实上,他试图利用他的聪明才智,把它作为分散注意力的手段,以此来缓解内心的恐惧,因为幽灵的声音带给他的恐惧已深入骨髓了。

就这样坐着，凝视着那双呆滞无神的眼睛，沉默了片刻，斯库里奇觉得事情如果继续这样下去会被他搞砸。此外，幽灵身上所散发的地狱般阴森的气氛里，也有一些非常可怕的存在。斯库里奇自己并不能感受到，但这显然是存在的。因为尽管那个鬼魂坐着一动不动，但他的头发、裙摆和流苏却依旧在飘浮，好似被炉灶上的热气吹动着。

“你看得见这牙签吗？”斯库里奇说道。针对以上所提到的原因，他迅速展开回击，希望那眼神中透出的无情的目光能从他身上转移开来，即便只有一秒钟也好。

“我看到了。”鬼魂回答道。

“你根本就没有在看它。”斯库里奇强调道。

“尽管如此，”鬼魂接着说道，“但我的确看得见。”

“好吧，”斯库里奇接话说：“我自己作孽，只能自食恶果，我的余生都将会受到自己制造的这一大群妖魔鬼怪的困扰。胡闹，我告诉你，简直太胡闹了！”

听到这句话，鬼魂突然发出了恐怖的叫喊声，它不停地晃动着铁链，发出阵阵低沉骇人的噪音，吓得斯库里奇紧紧拽住椅子，以防自己陷入昏迷。但是幽灵似乎因为房间太热而扯掉了头上绑着的绷带，下颚滑落到它的胸口，此时斯库里奇便再也无法抑制住内心的恐惧了。

斯库里奇吓得直接瘫坐在腿上，双手紧紧捂住了他的脸庞。

“天哪，”他叫喊道，“可怕的鬼魂，你为什么来骚扰我？”

“世俗的人啊！”鬼魂吼道，“你到底相不相信我是真的？”

“我信，”斯库里奇嚷道，“我非信不可！可为什么鬼灵们到处飘荡，而且为什么它们来找我？”

“对于每一个人来说，”鬼魂回复说，“他内心的灵魂都应该走出来融入他的同胞之中，应该走得宽广久远，游遍四面八方，但如果生前他的灵魂没有出发，那么就算死后也会被宣判去这样做。（我们）注定要满世界游荡去见证那些无法分享的事物，那些本可以在世上与人分享从而转化成幸福的事物。啊，我真不幸啊！”

幽灵再次发出一声叫喊，摇晃着铁链，扭动着模糊的双手。

“你被上了脚镣。”斯库里奇哆嗦着问道，“告诉我为什么？”

“这是我生前铸造的铁链，”鬼魂回答说，“每一寸每一环都是我打造的。我心甘情愿地裹绑着它，心甘情愿地穿戴着它。它的样式你熟悉吗？”

斯库里奇颤抖得越来越厉害。

“你可知道，”鬼魂追问道，“你戴的铁链会有多重多长吗？七年前的圣诞夜，你的那条铁链就跟这条一样重一样长了。从那之后，你又在它上面花了不少工夫，所以现在它已是一根极其沉重的链条了。”

斯库里奇看了看他周围的地板，想要看到自己是否被大约五十或者六十英寻①的钢缆环绕着，可是他什么都没看到。

“雅各布，”他哀求道，“老雅各布·马利，多告诉我一些。说些安慰的话给我听，雅各布。”

“我没什么安慰的话可说。”鬼魂答道，“埃比尼泽·斯库里奇，安慰要从另外一个世界开始，由其他的使者传递给其他类型的人们。我也不能把我想告诉你的都告诉你，就只能再告诉你一点点。我不能休息，不能久留，也不能在任何地方逗留。听好，我在世时，我的灵魂从不曾走出过账房，未曾漫步到我们的兑币窗口那狭窄空间以外的地方，如今在我面前只剩下令人厌倦的旅程了。”

斯库里奇有个习惯，一旦他陷入沉思，就会把双手插进短裤口袋。这会儿考虑着鬼魂所说的，他又把双手插进口袋，只是没有睁开

---

① 长度单位，1英寻＝6英尺，约合1.8288米。

眼睛，还是跪着没有站起来。

“你的行程一定很慢，雅各布。”斯库里奇用一本正经的神情说道，虽然语气中带着谦逊与恭顺。

“慢！”鬼魂重复道。

“死了七年，”斯库里奇沉思着问道，“一直在旅行？”

“一直在，”鬼魂说道，“没有休息，不得安宁，还有无穷无尽的悔恨和折磨。”

“你游历得很快？”斯库里奇问。

“非常快，就像是驾着风的翅膀。”鬼魂回答说。

“七年以来，你一定已经走过很多地方了。”斯库里奇说。

一听到这个，鬼魂再一次发出叫喊声，在这死一般寂静的夜晚，铁链晃动所发出的叮当声是如此可怕，守卫①都可以以此为理由来控告它扰乱安宁了。

“哦！被捆着、绑着、戴着双重脚镣手铐，”幽灵咆哮着，“不懂得那些不朽的人物千百年来为这个世界所做的无休止的劳动，在其精华被完全发扬光大之前，终会消失到永恒之中；不懂得任何一个善良地工作在他小小范围里的基督徒，不管工作范围有多小，都会发现他有限的生命太过短暂，不够发挥他巨大的作用；不懂得一生中错失的机会，再也不能够用后悔来弥补！我过去就是那样！哦！就是那样！”

“可是过去你一向是个不错的生意人啊，雅各布。”斯库里奇支吾着说，他现在开始把这句话应用到自己身上来了。

“生意！”幽灵叫喊着，再一次扭动着双手，“人类才是我的生意，大众福祉才是我的生意。慈善、怜悯、宽容以及仁爱，全部都是我的

---

① 伦敦曾划分为二十六个区域，选派守卫担任区域内的保卫工作。1812 年建立警察制度以后，保卫工作由警察担任。

生意。贸易往来仅仅只是我综合生意海洋中的一滴水珠。”

鬼魂把铁链捋到手臂上，然后狠狠地将它摔向地面，好像那就是它所有徒劳无益所致的悲伤的缘由。

“每年此时，”幽灵说道，“都是我最难熬的时刻。为什么我要垂着眼睛穿梭在人群之中？为什么不抬起眼睛看看那引导智者前往贫穷住所的祝福之星①？那星光不也会引导我到穷人的家里去吗？”

听到鬼魂这样往下说，斯库里奇感到十分心慌，不由得剧烈战栗起来。

“听好！”鬼魂叫喊着，“我的时间快没有了。”

“我会听的，”斯库里奇说，“但不要对我过分严厉，也不要说得花里胡哨，雅各布，我求你了！”

“我无法告诉你，我是如何以你可以看到的形状出现在你面前的，但我已经悄无声息地待在你身边好久好久了。”

这并不是个令人愉快的消息。斯库里奇颤抖着，擦了擦额头上的汗水。

“在我的赎罪忏悔中，那不是件轻松的事。”鬼魂紧接着说，“今晚，我是来警告你的，你还有机会和希望躲过我的命运。这是我努力为你争取来的，埃比尼泽。”

“你一向都是我的好朋友，”斯库里奇说，“谢谢你！”

“有三个鬼灵会找上你。”鬼魂继续说道。

斯库里奇拉长了脸，俨然和鬼魂之前的模样一般无二。

“难道那就是你提到的机会和希望，雅各布？”他支支吾吾地问道。

“是的。”

---

① 据《圣经》记载，耶稣降生以后，有几个东方的福星依照一颗星的指引，找到耶稣降生的贫穷的家庭。

“我想我宁可不要。”斯库里奇说。

“他们若是不来，”鬼魂说道，“你将无法避免我现在走的路。明天夜里一点钟敲响时，你就等着第一位的到来吧。”

“难道就不能三个一起来，一次了结吗，雅各布？”斯库里奇提议说。

“次夜同一时间，等待第二位的到来；再下一夜，当午夜十二点最后一下钟响消失的时候，第三位就会出现。不要指望再见到我了。为了你自己，千万记住我们之间所发生的这一切。”

说完这些话，鬼魂从桌上拿起绑带，就像之前一样包在脑袋上，伴随着刺耳的声音。斯库里奇没觉得奇怪，是因为他知道当上下颚被绑带扎在一起时，牙齿会发出剧烈的响声。他再次鼓起勇气抬起眼睛，发现他那不可思议的造访者正直挺挺地面对着他，手臂上缠绕着链条。

幽灵远离他向后退去，它每退一步，窗户就抬起一分。当幽灵退到窗口时，窗户已完全敞开了。

它示意斯库里奇向它靠近些，他照做了。当彼此只剩两步之遥时，马利的鬼魂举起了手，告诫他不要再靠近，于是斯库里奇停下了脚步。

这与其说是遵从，还不如说是因为惊讶和恐惧：因为随着幽灵手臂的举起，斯库里奇很明显地听到了天空中嘈杂的吵闹声。那是断断续续的恸哭声和哀叹声，哭声中饱含着无法言表的悲伤和自责。倾听了片刻，幽灵也加入到了这哀悼的挽歌中，并且飘进了那阴冷黑暗的夜空之中。

斯库里奇跟着来到了窗口。由于好奇，他不顾一切地看向了窗外。

空气中到处都是幻影，它们一边呻吟，一边焦躁不安地飘来荡去。它们中的每一个都像马利的鬼魂一样戴着铁链，也有很少一部分（它们可能是犯了罪的政府人员）被锁在一起，没有一个是自由的。

它们中有很多人生前就和斯库里奇认识了。斯库里奇和那个老鬼魂相当熟悉，它身着白马甲，脚踝上牢牢拴着一个巨大的铁保险箱，它因为没能帮到下边门前台阶上那个怀抱婴儿的可怜妇女而伤心地哭泣着。很明显，它们的痛苦都在于，想要善意地协助处理人间的事情，可是却已经永远丧失了这种能力。

他说不清楚到底是这些生物渐渐消逝在雾霭中，还是雾霭吞没了它们。不管怎样，它们最终连同它们灵魂的声音一起逐渐消失了，黑夜里的一切已恢复如常。

斯库里奇关上了窗户，并且检查了一下当初鬼魂进来的那扇门。门还是像他亲手锁上的那样，是双保险的，门栓也没动过。他正想说一声“胡闹”，但刚说了头一个字就停住了。由于他刚才激动的情绪，或者由于一天的疲劳，或者由于瞥见那无形的世界，又或是由于和鬼魂之间无聊的对话，也或者只是由于太晚了，他十分想要休息，便径直走到床边，连睡衣都没有脱，就沉沉地睡着了。

第二节

三个鬼灵中的第一个

当斯库里奇从睡梦中醒来，周遭一片漆黑，他从床上望出去，几乎无法辨别出他房间里透明的窗户和不透明的墙壁。他竭力用他那双雪貂似的眼睛在黑暗中刺探，这时，邻近一座教堂的时钟正敲响四刻钟。于是他便停下来倾听整点报时。

令他十分吃惊的是沉闷的钟声继续响着，从六点敲到七点，又从七点变成八点，一直到十二点才停下。十二点！当他上床睡觉时已经超过两点了。时钟出问题了。一定是有冰锥子卡在机器里了。十二点！

他摁了下弹簧表的弹簧，来核对一下这时钟荒谬的报时。可弹簧表的脉冲快速地打击了十二下，然后停止了。

“为什么，这不可能！”斯库里奇疑惑道，“我不可能睡了整整一天并且还持续到了第二天的深夜！要说是因为太阳的问题导致现在是中午十二点，那也不可能！”

这个想法令他感到害怕，他跌跌撞撞地从床上起来，然后摸索着来到了窗口。为了能看清楚，他不得不用他的睡衣袖子擦拭掉窗玻璃上的冰霜，但是收效甚微。他唯一能辨认的就是，天还是雾蒙蒙的，而且依旧能感觉到天气极其寒冷，屋外也没有了人们来回跑动的嘈杂声和巨大骚动，就像黑夜已经毫无疑问地赶走了白天，并占领了整个世界似的。这样一来倒叫人不胜宽慰，因为要是真的没有日子来计算的话，那么“见此第一联汇票三日后付款于埃比尼泽·斯库里奇先生或他所指派的人”，以及诸如此类的东西，都不过是一张美国债券罢了。

斯库里奇重新回到床上，思考着，反复地思考着，一遍遍地思考着，却依然无法理解。他越是思考就越是疑惑不解，而当他越是竭力不去想时却反而想得更多了。

马利的鬼魂让他烦恼透顶。每一次，在他历经一番慎重调查之后，要下定决心说服自己那只是一场梦时，这样的想法就又飘了回来，就像一根强劲的弹簧被释放后会回到最初的位置一样，那个一直困扰着他的相同的难题又会被从头到尾想一遍：“那真的是一场梦吗？”

斯库里奇就这样躺着，直到钟声过了三刻钟，这时他突然想起来，鬼魂曾警告过他当钟敲响一点时会有造访者前来。他决定就这么清醒地躺着直到一点钟过去，而且，考虑到要进入梦乡比登天还难，所以就这么躺着可能是他所能做的最明智的选择了。

一刻钟是如此之长，以至于他不止一次地认为自己肯定因为不知不觉间打了个瞌睡而错过了钟声。终于，钟声在他耳边响起。

“叮——咚！”

“一刻钟过去了。”斯库里奇默默数着。

“叮——咚！”

“半小时！”斯库里奇继续数着。

“叮——咚！”

“还剩一刻钟了！”斯库里奇接着数道。

“叮——咚！”

“时间到了。”斯库里奇洋洋自得地说道，“什么事也没发生！”

他是在整点铃声响起前说的，而此刻才正式响起一声深长、沉闷、空洞、忧郁的整点铃声。与此同时，一道亮光瞬间闪现在房间里，床上的帷幔也被拉开来。

我能肯定地说，斯库里奇床上的帷幔是被一只手拉开到一旁的。不是他脚边的帷幔，也不是他身后的帷幔，而是他脸朝着的那面。床上的帷幔被拉开到一边。斯库里奇吓得撑起半个身子，发现自己正面对面地看着那位拉开了帷幔的神秘来访者。他跟它离得那么近，就像我与你现在这么近一样，而我的灵魂此刻正靠在你的手肘边呢。

它的样子很奇怪，像个小孩，但是与其说像个孩子，倒不如说更像个老头。因为透过某种不可思议的媒介来看，它的样貌看起来就像是从眼前退缩回去，并且身形缩小到孩子般大小；它的头发披散在脑后，一直拖到背上，仿佛是因为上了年纪而变白了；它的脸上没有一丝皱纹，皮肤很嫩；它的手臂很长，而且很健壮；手也一样，好像握紧之后就拥有不可思议的力量；它的腿和脚的外形综合来看是最为纤巧的了，和上身的胳膊一样也是裸露着的。它身穿一袭纯白的长袍，腰上束着一条闪亮的腰带，那光泽美极了。它手里抓着一根嫩绿的冬青枝，然而，与这寒冷的标志极其矛盾的是，它的外衣却是用夏天的花朵装饰着的。最奇怪的要数它头顶的皇冠里摇曳着的那道明亮清晰的光，光照亮了这一切。因此，毫无疑问，当其需要较为幽暗的环境时，那道光要用一个巨大的熄火器①作为掩护，此刻，那东西正在它胳肢窝底下夹着呢。

但是，随着斯库里奇进一步的观察，他发现这还不是它最奇特的地方。因为它的腰带一会儿这里闪烁，一会儿那里闪烁，此刻正亮着的这部分，下一刻便暗了，所以那幻象本身在闪烁中不停地变换着：一会儿只有一只手臂，一会儿只有一只脚，一会儿又有二十只脚，一会儿有一堆的脚却没有头，一会儿有头却没有身体。那些消失的部分，看不出一点轮廓，完全融入在这浓重的黑暗中。然而

---

① 熄火器，一种圆锥形器具，用以熄灭灯烛。

正当斯库里奇思量这怪事时，它又恢复成原来的样子，和原来一般清晰分明。

“先生，你就是那位我事先知道要来找我的鬼灵吗？”斯库里奇询问道。

“我就是。”

声音很温柔也很文雅，但是很低沉，就好像是来自远方，而非近于身旁。

“你是谁？又是什么东西？”斯库里奇问道。

“我是过去的圣诞鬼灵。”

“很久以前的过去？”斯库里奇看着这个矮小的身躯询问道。

“不，是你的过去。”

或许，就算有人问他，斯库里奇也不会告诉别人那是为什么，但他就是特别渴望看到鬼魂戴上帽子会如何，于是他便请求它戴上。

“什么！”鬼灵大叫，“难道你这么快就想要用你世俗的双手，熄灭我发出的光吗？人们的情欲制成了这顶帽子，还要强迫我长年累月地戴着，并且把它压低到我的眉毛上，你也是这其中一个，难道这还不够吗？”

斯库里奇虔诚地否认了在他生命中的每一时刻萌发的任何一丝冒犯的意图，或是肆意冒出让鬼灵“以帽遮目”的想法。他随后鼓起勇气询问它到底来此有何贵干。

“为了你的幸福！”鬼魂说道。

斯库里奇表达了他的感激之情，但他心中还是不禁想着，有什么能比一觉安睡到大天亮更能让我幸福的呢。鬼灵一定是听到了他的心声，因为它立马说道：

“那么，就为了让你改过自新吧。留神了！”

它一边说着一边伸出健壮的手，轻轻地挽起了斯库里奇的手臂。

“起来！陪我走走！”

斯库里奇推托这天气和时间都不适宜出去走走，但一切都是徒劳。他说床上很温暖，屋外温度是零下好几十度；说他虽然穿着衣服，但只是很单薄的拖鞋、睡衣以及睡帽，而且那时他还正在感冒。在他手臂上抓着的手虽然温柔得像是女人的，但他依旧毫无反抗能力。他站起身来，但他发现那鬼灵直接往窗口走去，于是他便拽着鬼灵的长袍，恳求着。

"我是凡人，"斯库里奇反抗说，"会掉下去的。"

"只要我的手在这里碰一下，"鬼灵一边说，一边把手搁在他的心口，"那你就不止能这样飘在空中了！"

说话间，他们就穿过了墙壁，来到了一条宽阔的乡间道路上空，道路两侧都是田野。城市已经彻底消失不见，一点儿痕迹也看不到了。黑暗和浓雾也随之一起消失了，因为现在是一个晴朗、寒冷的冬日，白雪覆盖了整片大地。

"老天爷！"斯库里奇环顾了一下四周，扣紧双手说道，"我就是在这里长大的。我小时候就住在这里！"

鬼灵温和地注视着他。刚才它温柔的触摸，虽然轻微又短促，但似乎仍然保留在斯库里奇的感觉中。他感受到空气中弥漫着上千种气息，每一种气息都牵连着千百种他已经遗忘了很久的思想、希望、快乐和关怀。

"你的嘴唇在发抖，"鬼灵说道，"你的脸颊上又是什么？"

斯库里奇带着一种异常哽咽的音调，含糊地说，那是一粒粉刺。他恳求鬼灵带他前往他想要去的地方。

"你还记得那条路吗？"鬼灵询问道。

"记得！"斯库里奇激动地大叫，"我蒙着眼睛都能走。"

"真奇怪你竟然把这里遗忘了这么多年！"鬼灵四处观察着说，"咱们往前走吧。"

他们沿着那条路走去，斯库里奇还能认出每一扇门，每一根柱子，每一棵树。他们一直走着，直到远方出现了一个小集镇，那儿有桥、教堂，还有一条弯弯的小河。他们看到几个小男孩骑着毛发粗浓杂乱的小马驹一边快步朝前向他们奔驰而来，一边呼喊着身后那些坐在由农民驱使的乡村轻便二轮马车上的男孩们。所有的男孩都兴高采烈地呼唤着彼此，使得这片广阔的土地充满了欢快的乐音，连清新的空气都听得笑了起来。

“这些都只不过是过去一些事物的幻影，”鬼灵说道，“他们无法察觉到我们的。”

一群欢乐的旅行者突然出现了。随着他们靠近，斯库里奇认出了他们，并说出了每个人的姓名。为什么看见他们，他感到无限的开心呢？为什么当他们打他身旁走过时，他冷漠的眼睛闪烁着光，他的心怦怦直跳呢？为什么当他听到孩子们在十字路口和分岔路口分别，各自回家去，彼此祝贺“圣诞快乐”时，他的内心会充满着喜悦呢？对于斯库里奇来说，圣诞快乐意味着什么？去他的圣诞快乐！对他来说圣诞快乐有什么好的呢？

“这所学校并非空无一人，”鬼灵说道，“有一个孤单的孩子，朋友们都不理他，他还留在这里。”

斯库里奇说他知道，然后便呜咽地哭了起来。

他们离开了那条公路，沿着一条极为熟悉的小路向前，很快便来到了一座暗红色砖块砌成的大厦跟前，屋顶上建有一个圆拱形小阁楼，上面装着小风标，里面悬挂着一口钟。房子虽然很大，但却是破落倒败的样子。宽敞的办公室鲜有人用，墙壁早已受潮布满了青苔，窗户也破败了，大门也已腐朽不堪。家禽在马厩里咯咯地叫唤着，大摇大摆地走着；马车房和木棚里长满了杂草。房子里边昔日的样子也不复存在了，因为一走进沉闷的大厅，透过开着的门望过去，就可以瞥见许多布置简陋、阴冷空旷的房间。空气中弥漫着朴实的气息。这地方透露出一种阴寒的荒凉气息，让人不知不觉联想到那些好多次点着蜡烛起床却没有太多东西充饥的日子。

鬼灵和斯库里奇穿过门厅，来到了屋后的一扇门处。门打开了，在他们面前是一间深邃、空旷、压抑的房间，房间里陈列着几排做工粗糙的桌椅，使得屋子更显空无。在其中一张桌旁，一个孤单的小男孩正就着微弱的火苗看书。斯库里奇找了一张凳子坐下，泪眼朦胧地看着那个曾经被遗忘的可怜的自己。

屋子里潜藏着的回声，墙壁镶板后面老鼠的吱吱声和扭打声，阴暗的后院里半冻着的喷水孔中滴滴答答的水声，一株无精打采的落尽树叶的白杨树枝丫发出的叹息声，一间空仓库的门随意摆动的轧轧声，还有壁炉中炉火的劈啪声，声声敲在斯库里奇的心中，软化了他的内心，化成了他的滴滴泪水。

鬼灵碰了碰他的手臂，指了指那个正在认真阅读的小时候的斯库里奇。忽然间，那儿出现了一个穿着外国服装的人，站在窗外，腰间插着一把斧头，手执缰绳，牵着一匹驮着木头的驴子，形象十分逼真，清晰可见。

“啊呀，那是阿里·巴巴！”斯库里奇狂喜着叫道，“那是亲爱的、诚实的老阿里·巴巴！是的，是的，我认识他。有一年圣诞节，那边那个孩子独自一人留在这里，阿里·巴巴曾头一次来过，就像刚刚那个样子。可怜的孩子啊！那是瓦伦丁，”斯库里奇说，“和他那野蛮的哥哥奥森，刚刚走过去了。还有那个人，叫什么名字了，让人放在大马士革的城门外，他穿着衬裤，就这样睡着了。你看见他没有？还有那个苏丹的新郎，被魔仆完全倒立过来，正头朝下挂着呢！他活该！我真高兴！他有什么资格和公主结婚！”

要是斯库里奇那些伦敦城里商业界的朋友们，听见他用这种极其特别的啼笑皆非的声音真诚地讲述着这类事情，看见他涨得红红的兴奋激动的脸庞，必定都会大吃一惊的。

“看那只鹦鹉！”斯库里奇大叫，“绿身体，黄尾巴，头顶上长出好像莴苣一样的东西，它就在那儿！鲁宾逊·克鲁索[1]环岛航行一周再次回到家后，鹦鹉叫他可怜的鲁宾逊·克鲁索：‘可怜的鲁宾逊·克鲁索，你去哪儿了，鲁宾逊·克鲁索？’那人以为是自己在做梦，但确实不是。你应该知道的，是鹦鹉学舌。‘星期五’也拼命地朝这条小溪奔来，叫着‘哈罗啊！呼噗！哈罗’。”

这时，斯库里奇一反常态，迅速转变自己的态度，怜悯起从前的自己，说着“可怜的孩子啊”，便又哭了起来。

“我希望……”斯库里奇喃喃自语道，他用袖口抹了抹眼泪，把手插进口袋，环顾四周，“可是现在已太晚了。”

“怎么了？”鬼灵问道。

“没事，”斯库里奇回答，“没什么，昨晚有个小男孩在我们门外唱圣诞颂歌。我真后悔没有给他些什么东西。就是这样。”

鬼灵若有所思地微笑着，一边挥手，一边说：“让我们再去看看另一个圣诞节吧。”

话音刚落，他们就看到了长大后的斯库里奇。房间比现在更暗更脏一些。墙壁的镶板缩水了，窗户也破裂了，天花板上的石灰泥一片片掉下，露出了一根根板条。但是为何会变成这样，斯库里奇自己再清楚不过了。他只知道现在看到的这一切都确实发生过，他又是一个人孤零零地待着，其他男孩儿都回家去欢庆快乐的节日了。

长大后的斯库里奇此刻没有在看书，而是绝望地来回踱步。斯库里奇看向鬼灵，悲哀地摇着头，焦急地朝门口看去。

门开了，一个小女孩，比男孩年轻得多，猛冲进来，双臂缠绕在男孩的脖子上，对他亲了又亲，叫着“我亲而又亲的哥哥”。

---

① 鲁宾逊·克鲁索是英国作家丹尼尔·笛福(1660—1731)所写小说《鲁宾逊漂流记》中的主人公。他漂流到荒岛上，养了一只鹦鹉，名叫“波儿”。他还收留了一个土人，土人是在被别的土人欲加杀害时，逃向他的住处的。那天正是星期五，他便为土人取名“星期五”。

“亲爱的哥哥，我是来接你回家的！”那孩子拍着小手，弯腰欢笑着说，“接你回家，回家，回家！”

“小芬，回家？”男孩回问。

“是的！”小女孩满心欢喜地回答，“回家，为了一切幸福，回家，永远永远不再离开了！爸爸比以前慈祥多了，家里现在的氛围就像天堂一样了！有天晚上，我正要上床睡觉，他还很和蔼地跟我说话，于是我鼓起勇气问他你能不能回家，他说可以，而且你本就该回家。他派我坐马车来接你。再说了你就要长大成人了！”小女孩睁大眼睛说，“你再也不用回到这儿来了。但是首先，我们要在一起度过整个圣诞节，一起度过世上最快乐的时光！”

“你真了不起，小芬！”男孩呼喊着。

女孩拍手笑着，想要摸摸他的头，但个子太过矮小够不着，便又笑了起来，踮起脚尖拥抱了他。然后，她拽着他朝门口走去，充满了孩子般的性急；他跟着她走了，没有一丝不情愿。

一阵可怕的叫声从大厅传来。“喂，把斯库里奇少爷的箱子搬下来！”这时，校长出现在大厅里，正以一种凶恶的屈尊降贵的架势瞪着斯库里奇少爷，并与他握手，这使得他心惊胆战。之后，校长带领斯库里奇少爷和他的妹妹来到了一间他们从未见识过的豪华客厅，那客厅像最古老的井一样令人寒颤不已。墙壁上挂着的地图、窗台上放着的天球仪和地球仪都冻得像是被涂了一层白蜡那样苍白。校长拿出一小瓶淡得出奇的酒，一大块重得出奇的蛋糕，并将这些美味分给了两个孩子。与此同时，他又吩咐一名瘦小的仆人给马车夫一杯饮品，马车夫对校长道了声谢，不过要是这与他之前尝过的是同样味道的话，他宁愿不要了。此刻，斯库里奇少爷的箱子已捆在马车顶上了，两个孩子高兴地与校长道别，随即钻进了马车，欢快地驾车而去。飞转的车轮擦过冬青树黑黝黝的树叶，打落了叶子上的白霜与积雪，像浪花四溅那般。

“多娇嫩的一个人儿，吹一口气或许就能使她凋谢，”鬼灵说着，“但她却有着一颗伟大的心灵啊！”

“她的确是这样，”斯库里奇激动地吼着，“鬼灵，你说得没错，我不反驳。上帝不容许！”

“她去世时已为人妇，”鬼灵说，“而且，据我所知，还生了孩子。”

“生了一个。”斯库里奇回应。

“没错，”鬼灵说，“就是你的外甥。”

斯库里奇似乎很是心神不安，便简短地回答了声“是的”。

他们虽然刚刚离开那所学校，但此刻已身在城市里热闹的大街上了。城市中熙熙攘攘的行人来来往往，影影绰绰的货车与客车争途夺路。它拥有着真实世界中一切的你争我夺和纷乱繁杂。通过商店的装饰来看，这儿很明显也在庆祝圣诞，不过现在是晚上，街道上都亮着灯。

鬼灵停留在一家货栈门口，询问斯库里奇是否认识这里。

“认得！”斯库里奇回答道，“我不是在这里当过学徒吗？”

他们走了进去。一个头戴威尔士假发的年老绅士正端坐在一张高高的写字台后面，要是他再高两英寸的话，他的脑袋就会撞到天花板了。斯库里奇一看到他就激动地大声喊道：

“哎呀，是老费茨威格！上帝保佑他！费茨威格又复活了！”

老费茨威格放下手中的笔，抬头看了看钟，此刻时针正指向七点。他搓了搓手，整理了一下他宽大的背心。他全身上下都在笑着，从鞋子直到前额上面那部分。他用舒畅、滑润、丰满、肥厚、快活的声音大声叫唤着：

“哟吼，喂！埃比尼泽！狄克！”

过去的斯库里奇，如今已经长成了一个青年人，在师兄弟的陪伴下，快步走了进来。

“没错，那是狄克·威尔金斯。”斯库里奇告诉鬼灵，“老天保佑，不错，真的是他。他以前跟我关系很好，的确是狄克。哎呀，哎呀，可怜的狄克。”

“哟吼，孩子们！”费茨威格说道，“今晚不干活了。圣诞前夜快乐，狄克！圣诞快乐，埃比尼泽！让我们把窗板上好。”老费茨威格一边拍着手掌一边喊道，“说干就干，杰克·鲁滨孙都来不及叫①！”

你简直难以相信那两个家伙竟是那么卖力。他们扛起窗板就冲到街上，一、二、三——窗板就摆放到位，四、五、六——上好了门闩，七、八、九——在你还没来得及数到十二的时候，他们就已经回来了，气喘吁吁，像刚跑完的赛马。

“嘿吼！”老费茨威格一边喊着一边从高台上一跃而下，身手敏捷。“清理一下，小伙子们，我们要腾出一大块地方！嘿吼，狄克！啧啧啧，埃比尼泽！”

一切收拾得很干净！在老费茨威格的监督下，没有什么是他们不愿抑或不能搬开的。一分钟之内都做好了。所有可以搬动的东西都捆扎搁置起来了，像是被从公共生活中永久开除了。地面打扫拖洗干净了，灯芯修剪了，炉火也添加了燃料。如今这家货栈，就像是在寒冷的冬夜你所渴望见到的舒适、温暖、干燥而且明亮的大舞厅。

一个小提琴手走了进来，夹着一本乐谱，登上那张高高的写字台，把它当作了演奏台。他调着音，发出了像五十阵胃痛声那样的声音。费茨威格太太走了进来，脸上洋溢着灿烂的笑容；三位费茨威格小姐走了进来，光彩耀人，惹人喜爱；六个为她们心碎的年轻人跟着走了进来；所有被雇佣的年轻男女都走了进来；女仆和她那身为面包师的堂弟走了进来；厨师带着与她哥哥关系最好的那个送奶工走了进来；街对面的小男孩走了进来，大家怀疑他的主人可能没给他吃

---

① 这是过去流行的一句口头语。源自一首著名的滑稽歌曲，歌曲最后一句是“他还没来得及说，杰克·鲁滨孙，他已经走了”。据说，鲁滨孙是个老头儿，他访问朋友的时候，人家还未来得及叫他，他已经走了，他以这一习惯而出名。

饱，他尝试着躲在住在隔壁的那个小女孩身后，人们发现小女孩被她的女主人揪了耳朵。人们陆陆续续地走了进来，有的害羞腼腆，有的信心饱满，有的温文尔雅，有的笨手笨脚，有的跃跃欲试，有的畏畏缩缩，不管怎样，他们都进来了。然后他们又全都走开，立刻组成了二十对，手拉手绕了半圈，接着又换到另一边，跳到中间，又跳回来。各个不同阶段的情感组合旋转不息。之前领舞的那对总是出现在不该出现的地方；新的领舞的一对跳到那儿，又立刻重新开始；最后都只剩下一对对领舞的，后面的人们也不来配合了。出现了这样的结果，老费茨威格拍拍手示意人们停止跳舞，然后大声喊道："跳得好啊！"于是小提琴手便把他热扑扑的脸浸到一盆黑啤酒里，这是特意为他准备的。当他再次露脸，虽然此时没人在跳舞，他也立刻开始演奏起来，不屑休息，仿佛之前的那位小提琴手由于精疲力竭，被人用窗板抬回家了似的，而他是代替之前那位的新人，下定决心要胜过前人，使其望尘莫及，否则宁愿死。

舞会还在继续，有罚物游戏①，接着又是一次次的跳舞。舞会上有蛋糕，有尼格斯酒②，有一大块烤牛肉，有一大块冷的炖牛肉，还有碎肉馅饼，以及许多许多啤酒。烤牛肉和炖牛肉之后，舞会迎来了高潮，那位小提琴手（请注意，他相当机灵，他是个对自己的业务相当了解的人，你我都无需再教他什么）演奏了柯弗利的曲子。于是，老费茨威格站出来和夫人一起跳舞。他们也是一对领舞的，不过这对他们来说相当艰巨，因为共有二十三四对舞者，都是绝不能小看的人，他们是来跳舞的，绝不是散步的。

不过，就算人数增加一倍，啊，哪怕是四倍，老费茨威格也是他们

① 一种游戏，输者须受惩罚，如罚钱、罚唱，或罚模仿动物动作和叫声等。过去常常于圣诞节时在室内举行。

② 一种用葡萄酒、热水、糖、肉豆蔻和柠檬汁调制的酒，是英国法兰西士·尼格斯上校创制而成，因而得名。

的对手，费茨威格太太也是。关于她，就舞伴这个字眼的一切意义来看，她都与老费茨威格相配。如果这都不算是很高的评价，那么请告诉我更高级的吧，我会立刻采用的。费茨威格的小腿似乎散发出真正的光辉了。它们在每段舞蹈中都像月亮般闪耀着。任何时刻，你都无法预测那两条小腿下一刻会迈出什么舞步。等到老费茨威格和费茨威格太太跳完了整个舞曲时，彼此牵着舞伴的手，一进一退，男人鞠躬，女人行屈膝礼，来个螺旋钻孔，穿针引线，接着便各自回到自己当初的位置。费茨威格来了一个"空踢"①，极其灵巧，两条腿似眨眼睛般闪烁着，然后双脚着地，毫不蹒跚，稳稳当当。

当十一点的钟声响起，这场家庭舞会宣告结束。费茨威格先生和太太分别站在门的两侧，与每一位离开的人握手，并祝福他们圣诞快乐。当其他所有人都已离开，费茨威格夫妇就与剩下的两位学徒握手，并致以节日的问候。愉悦的声音渐渐消逝了，这两个小伙子留在那里，爬上了店堂后面一个柜台下面的床，休息去了。

整个这段时间，斯库里奇都表现得魂不守舍。他和过去的自己一起全身心地投入到了这个场景中。他印证这一切，铭记这一切，享受这一切，感受了最最奇特的激动。直到从前的自己和狄克那欢快的脸庞转了过去，他才记起了鬼灵，这才意识到鬼灵正盯着他看，它脑袋上的光燃烧得非常清晰。

"一件小事，"鬼灵说道，"就让这群愚蠢的人们感激不尽。"

"小事吗？"斯库里奇重复道。

鬼灵示意他去听两个学徒的对话，他俩正在敞开心扉赞美费茨威格。斯库里奇照做了，鬼魂又说道：

"为什么？难道不是么？他不过是花了你们凡人那种几镑的钱——可能就三四英镑吧。这么点钱他就受得起这样的赞美了？"

---

① 一种花式舞蹈动作。舞者腾空而起，在落地前双脚急速前后踢动。

“不是那样的！”斯库里奇反驳说。鬼灵的话让他有点激动，不知不觉，他说话的方式都变得和以前的那个他一样，而不是后来那般。“不是那样的，鬼灵。他拥有那种力量，能主宰我们的快乐或痛苦，能决定我们的工作是轻松还是繁重，能决定我们是悠闲快乐还是要艰苦劳作。他的力量不是体现在言语或者表面上，而是存在于那些无法累计无法计算的一件件细小和无关紧要的事情中。那又怎样呢？他给予我们的快乐，像一笔财产那样贵重。”

他感受到了鬼灵的目光，便住口了。

“怎么了？”鬼灵询问道。

“没什么大不了的。”斯库里奇回答说。

“我看，有的吧？”鬼灵追问。

“没有，”斯库里奇说，“真没有。我真想现在能对我的职员说一两句话。仅此而已。”

从前的那个斯库里奇表达完自己的祝福后便把灯熄灭了。于是，现在的斯库里奇和鬼灵再一次肩并肩地站在露天里。

“我的时间不多了，”鬼灵注意到，“快要到点了！”

这话不是对斯库里奇说的，也不是对他所能看见的任何一个人说的，却立马产生了效果。因为斯库里奇再一次看到了自己。他又成长一些了，如今的他正值壮年。他的脸上还没有出现后来那样粗糙和僵硬的纹路，但已开始蒙上了忧虑和贪婪的迹象。眼中透露出急切、贪婪、难以满足的神色，显示出欲望已开始生根发芽，而那种膨胀的欲望之树要将阴影投向何方？

他并不是独自一人，他的身旁坐着一位身穿孝服的年轻貌美的姑娘，她眼中饱含着泪水，在“过去的圣诞节鬼灵”照射出的光芒中闪闪发亮。

“那并不重要，”她温柔地说道，“对你来说，很不重要。又一个偶像取代了我。如果它能如我一直想要尽力做的那样，在以后的日子里给你带来欢乐和安慰，那么我也没有任何合理的理由去悲伤了。”

“什么偶像取代了你？”他反问道。

“金色的那个。”

“这是世上最公平的交易。”他回道，“世上最让我害怕的莫过于贫穷，没有什么有资格来如此严厉地谴责我对财富的追求！”

“你太害怕世间的一切了，”她温和地回答说，“你其他所有的希望都已融入到一个愿望中，就是避免这个世界责备你的卑鄙。我看着你的高尚抱负一个一个地消失，最后只剩下谋取福利的激情。我说错了吗？”

“那又怎样？”他反驳说，“尽管我变得聪明多了，那又怎样？对于你，我始终没有变。”

她摇了摇头。

“我变了？”

“我们的婚约是以前订的。当时我们尽管都很穷，却心满意足，一切都很好，我们通过自己的辛勤工作创造了自己的财富。现在你变了。当时的你是另外一个人。”

“我那时候太年轻了。”他不耐烦地说道。

“你的内心告诉你，你已经不再是以前的自己了。”她回应道，“但我还是我。当初我们彼此一条心时所承诺的快乐如今却充满了痛苦，因为我们之间变了。我不想去说这件事我思考了多少次，思考得多么深刻。我考虑清楚了，我放你自由。”

“我有要你放我自由吗？”

“口头上是没有，从来没有。”

“那么，是在哪里？”

“在改变了的性情上，在变化了的本质里，在另一种生活氛围里，你把另一种‘希望’作为人生伟大的目标；也在那些曾让我的爱在你眼中有价值的一切事物中。如果我们之间没订过婚约，”女孩温和地看着他，眼神坚定，问道，“告诉我，你现在还会追求我并想得到我的心吗？哦，不会！”

尽管他不愿意，但他似乎不得不承认这个假设的正确性。于是他挣扎着问道：“是你觉得不会。”

“可以的话，我宁愿不这么想，”她回答说，“天知道！当我知晓了这样的事实，我就知道这会有多么的强烈和不可抗拒。如果你今天没有婚约，那么明天或者昨天，我是否依然可以相信，你，一个满脑子只有钱的人，能去选择一个没有嫁妆的女孩？或者，就算有那么一瞬间，你违背了自己的指导原则而选择了她，我难道会不知道你内心必定随之而来的后悔和遗憾吗？我知道。所以，怀揣着对过去的那个你满满的爱意，我放你自由。”

他正要张口说话，但她转过了头，又继续说了下去。

“你可能会，抑或是过去的回忆让我半带着希望你会因此而难受。不需要多久，你就会忘掉这一切，依然很开心，就像是经历了一场无利可图的梦，从梦中醒来，正是求之不得的事。愿你在你所选择的生活中过得幸福！”

她离开了他，他们就此分手了。

“鬼灵！”斯库里奇说道，“别再给我看什么了！带我回家！你为什么要折磨我来寻开心？”

“还有一段幻影！”鬼灵大声喊道。

“不要！”斯库里奇大喊道，“不要再看了，我不想看这个。不要再给我看了！”

但是冷酷无情的鬼灵用双臂挟住他，强迫他看接下来的一幕。

他们到了另一个场景，另一个地方：一个房间，不怎么大，也不怎么漂亮，却充满温馨。壁炉旁坐着一位美丽的姑娘，太像刚刚那位了，以至于斯库里奇以为她们是同一个人，直至他看到她的脸庞。那是一位长相清秀的家庭主妇，正坐在她女儿的对面。房间里非常喧闹，只因孩子太多了，多到不是现在心情激动的斯库里奇能够计数的。并且也不像那首诗中所描写的著名的画面那样（最年长的和最年幼的同最强壮的一起操劳；牛群在吃草，低头静悄悄；四十条，却像是一条），他们不是四十个孩子行动起来像一个，而是一个孩子行动起来像四十个。那种吵闹实在令人难以置信，但似乎没人在意。相反地，母亲和女儿都开怀大笑着，非常享受。不久，女儿也加入了这场游戏中，被那帮小强盗们无情地掠夺着。要是能成为他们当中的一员，花任何代价我都愿意！不过我决不会那样粗鲁的，不，决不！就算给我全世界的财富，我也不愿将她的辫子弄坏，并且扯下。至于那只娇贵的小鞋，即使要我的命，上帝保佑，我也不会将它硬脱下来。关于量她的腰围来玩这事儿，就像那群胆大妄为的小捣蛋干的那样，我也决不能做。我也该料到，要是我的手臂缠绕着她的腰，必然会遭到惩罚，手臂必然再也无法伸直了。可我承认，我会深深地喜欢上抚摸她的唇；向她提问，或许这样她就会开口了；瞧瞧她低垂着的眼睛上的睫毛，但不致让她脸红；释放她的卷发，那每一寸都是无价的纪念品。总而言之，我承认，我想要获得孩子般最轻微的放纵的权利，然而又能够像成人那样了解它的价值。

这时候传来了一阵敲门声，紧接着是一下猛烈的撞击，女孩满脸笑容，带着被掠夺后的衣服卷入了激动喧闹着的人群中央，正好及时迎接他们的父亲归来。父亲身后跟随着一个人，背着满满的圣诞礼物和玩具。接着便是一阵大喊大叫，大吵大闹，孩子们大肆抢夺着那个手无寸铁的脚夫！他们那无法抑制的热情啊！他们用椅子当做梯子，爬到脚夫身上，把手伸进口袋，搜刮他那棕色的纸包，紧抓着他的领结，搂住他的脖子，用拳头擂他的背，用脚踢他的腿。每一个包裹打开时所引来的惊喜的欢呼声啊！骇人听闻的事传来，小毛头竟然把洋娃娃的煎锅塞进了嘴里，更令人无法相信的是，他还吞下了粘在木盘上的假火鸡。结果发现这不过是一场虚惊，那天大的宽慰啊！

那欢喜，那感激，那狂乐的心情啊！他们都是难以形容得相似。孩子们带着兴奋的情绪一个个走出了客厅，一步跨一级楼梯，一直到房屋的顶层，那是他们睡觉的地方。他们爬上床，然后就此安静了下来，这就够了。

此时，斯库里奇比之前更加专注地看着，房屋的主人在他常坐的壁炉边，和女儿、妻子一起坐下了，女儿亲昵地依偎着他。斯库里奇这时想到了另一个这样的人儿，同样优雅，同样充满希望，或许会叫他一声爸爸，给他生命中凄凉的冬季带来犹如春光明媚的美好。此刻，他的眼神确实变得非常暗淡了。

“贝尔，”丈夫微笑着转向妻子，说道，“今天下午我看到你的一个老朋友了。”

“是谁啊?”

“你猜!”

“这让我怎么猜? 啧啧，你以为我不知道吗?”他接道，笑着，她也笑了，“是斯库里奇先生。”

“正是斯库里奇先生。我下午经过他事务所的窗外，因为窗户没关上，屋里点了支蜡烛，我就忍不住看了他一眼。我听说他的同伴快要死了，所以他一个人坐在那儿。我能确定，他活在这世上一定觉得十分孤单。”

“鬼灵!”斯库里奇用哽咽的声音说着，“带我离开这地方。”

“我告诉过你，这些都是过往的幻影，”鬼灵说，“它们是怎样就怎样，可别怪我!”

“带我离开!”斯库里奇大声嚷着，“我受不了了!”

他转身朝向鬼灵，只见它正瞧着他的那张脸好生奇怪，那是它之前向他展示过的所有脸庞片段的组合。他与它扭斗起来。

“放开我！带我回去！别再纠缠我!”

如果这能称之为一场斗争的话，那么在这场斗争中，鬼灵这边没有做出任何实质性的抵抗，任凭它的对手肆意挣扎，它依然泰然自若。斯库里奇注意到它头顶的光正高高地、明亮地燃烧着，迷迷糊糊地将其与对他的影响联系起来，他抓住那顶熄灯器帽子，猛地压在鬼灵的头上。

鬼灵整个身体都被罩住了，瘫在熄灯器下。但尽管斯库里奇用尽全力往下按，却无法遮住那光亮，光亮从熄灯器下面流泻出来，像是连绵不断的洪流。

斯库里奇意识到自己已精疲力竭了，被一阵不可抗拒的睡意压倒了，而且，他还觉得回到了自己的卧室里。他最后挤压了那顶帽子，便松手了。他刚来得及跌跌撞撞地来到床前，便陷入了酣睡。

第三节

三个鬼灵中的第二个

从一阵异常惊人的连续鼾声中醒来，斯库里奇坐在床上，整理着思路，他知道教堂的钟声又快要敲响一点钟了。他觉得自己正好就在那紧要关头恢复了意识，只为那个特殊的原因，即由于雅各布·马利的干预，会有使者被派遣来与他见面，待会儿就是第二个。但是，当他开始好奇这个新来的幽灵会拉开他哪一处床帘时，他发现自己泛起不安的凉意，于是便自己动手将每一个床帘拉到一侧，然后再一次躺了下来，在床的四周建起了敏锐的瞭望台。因为他想在那个精灵出现的瞬间就直面它，而不愿被它吓得紧张不安。

有一类逍遥自在的男人，吹嘘自己有两手，能够随机应变，夸赞自己样样事情都在行，从投掷铜币游戏①到杀人勾当，以此来显示他们冒险能力的范围之广。毫无疑问，在投掷铜币游戏和杀人勾当这两个相反的极端行为中，还存在着许多的行为，范围相当广阔。我不敢说斯库里奇也这般能吹善道，但我可以请诸位相信，他已做好了准备，能够接受鬼灵各种奇怪的出场，就算是在一个小毛孩到大犀牛这两个极端之间，也没有什么可以让他感到惊奇的了。

如今，他几乎准备好面对任何东西了，可他绝没准备好迎接什么东西都没有出现的状况。因此，当教堂的钟声敲响一点却并没有鬼

---

① 一种街头赌博游戏。游戏者把便士投掷到一个记号所在，然后向空中抛掷，凡是投掷到最接近记号的人，有权把余下的便士抛向空中，落地后，凡是正面朝上的便士即归他所有。

灵出现时，这引起了斯库里奇一阵强烈的颤抖。五分钟，十分钟，一刻钟过去了，但是什么都没出现。时钟整点报时的时候，一片红艳艳的光亮流泻到他的床上，他就躺在床上那一片红光的正中央，一分钟一分钟地等着。正因出现的仅仅只有光亮，反而比出现一打鬼灵更令他担忧，因为他无从获知这意味着什么，或将要发生什么。有时候，他甚至担心，就在那一刻，他会自燃起来，成为一件有趣的自燃事件，并且还知道这一意外后他连安慰都得不到。但是最终，他开始思考——就像你或者我一开始就认为的那样，因为往往并非身处困境的人才知道在这种情况下该做什么，并且毫无疑问地付诸实践——我刚刚说的，他最后觉得这幽灵般的光亮的源头和秘密可能在隔壁房间，通过进一步追踪，他发现它似乎就是从那里照进来的。这一想法完全占据了他的思想，他缓缓起身，拖着拖鞋来到了房门处。

斯库里奇的手刚触碰到门锁，就有一个陌生的声音在呼喊他的姓名，命令他进去。他遵从了。

这是他自己的房间，这一点毫无疑问，但它已然经历了一场不可思议的转变。墙壁四周和天花板上都悬挂着生机盎然的绿色植物，所以房间看起来就像是一片小树林；房间的每一处，都闪耀着明闪闪、亮晶晶的浆果；冬青枝、槲寄生[1]和常青藤的嫩叶反射着光芒，就好像许多散落在四面八方的小镜子；还有一股熊熊的火焰直向烟囱里蹿去，在斯库里奇那个时代，或是在马利时代，或是过去许多许多年的冬季里，那犹如化石般呆板的壁炉里仿佛从未上演过这样的盛况。火鸡、烤鹅、野味、家禽、腌肉、大块腿肉、整只乳猪、大串的香肠、肉沫馅饼、李子布丁、一桶又一桶的牡蛎、热烘烘的栗子、鲜红的苹

① 槲寄生，欧洲所产的一种寄生植物，叶厚，绿色，结白色胶性浆果。西俗用作圣诞节的装饰物。

果、多汁的柳橙、甘甜的梨子、巨大的主显节①蛋糕、热腾腾的潘趣酒②都堆积在地板上，组成了一个宝座，使得整个房间都弥漫着它们美好的味道。当斯库里奇靠近门偷窥时，他看到一位欢乐的巨人轻松地坐在宝座上，光彩夺目。那巨人手握一支熊熊燃烧的火炬，从外形上看就像是女神色拉斯手擎的那支"丰饶的羊角③"。他举着火炬，举得高高的，好让光亮能照射到斯库里奇。

"进来！"鬼灵大喊道，"进来！多了解我一点，老兄！"

斯库里奇怯生生地走到鬼灵面前，低着头。他已不再是之前那个顽固的斯库里奇了，而且尽管鬼灵的眼睛是如此清澈和蔼，他也不愿接触到它的目光。

"我是现在的圣诞节鬼灵，"鬼灵说道，"抬头看着我！"

斯库里奇恭恭敬敬地照办了。鬼灵穿着一件朴实无华的绿色长袍，抑或是斗篷，周边镶着白色的软毛。长袍很宽松地披在它的身上，露出了它那宽广赤裸的胸膛，似乎不屑用任何方式去隐藏或遮挡。它的双脚，可以很明显地看到就在衣服的褶皱下，也赤裸着；它的脑袋上，除了一个用冬青枝叶编成的花冠之外，没有戴其他遮挡物，那花冠到处闪耀着冰锥似的光芒。它长长的深棕色的卷发，就像它那亲切的脸庞、闪烁的眼睛、敞开的双手、愉快的声音、毫不做作的举止以及愉悦的氛围一般，很是自然。它的腰间佩戴着一把古老的剑鞘，但里面并未插着剑，剑鞘表面满是斑斑锈迹。

"你之前从未看过像我一样的鬼灵吧？"鬼灵大喊道。

"从来没有。"斯库里奇回答道。

"你难道从来没有跟我家庭中较年轻的成员们一起前行观望吗？

---

① 主显节，圣诞节后的第十二天。主显节蛋糕常在这一节日的前夕食用。

② 用果汁、香料、茶、糖和葡萄酒等混合制成的饮料。

③ 据希腊神话，宙斯由克里特王之女阿玛芝雅以羊乳哺育长大。之后，宙斯赠羊角给阿玛芝雅，以作报答。

也就是(因为我很年轻)近几年诞生的我的哥哥们?”幽灵追问道。

“我想应该没有,”斯库里回答说,“恐怕我没有见过。鬼灵,你有很多哥哥吗?”

“超过一千八百个。”鬼灵答道。

“这是一个负担相当重的家庭啊!”斯库里奇咕哝着。

现在的圣诞节鬼灵站了起来。

“鬼灵,”斯库里奇恭谦地说,“领我去你想要我去的地方吧。昨晚我是被迫跟着那个鬼灵前往的,所以我获得了一些教训,现在已经适用了。今晚,如果你要教我些什么的话,就请让我有所收获。”

“抓住我的长袍!”

斯库里奇照做了,并且抓得紧紧的。

冬青树、槲寄生、红艳艳的浆果、常春藤、火鸡、烤鹅、野味、家禽、腌肉、鲜肉、乳猪、香肠、牡蛎、馅饼、布丁、水果还有潘趣酒全都瞬间消失不见了;房间、壁炉、红通通的炉火以及夜晚也随之消失不见了。他们来到了圣诞节的清晨,站在城市的街道上,那里(因为气候很恶劣)的人们正在演奏一曲嘈杂刺耳却活泼欢快的音乐,原来他们是在清扫自家门前人行道和屋顶上的积雪。积雪轰然崩落到马路上,飞溅开来,形成人造的小暴风雪,孩子们看到真是开心极了。

相比屋顶上覆盖着的光滑洁白的积雪,以及地面上稍脏一些的白雪,从正面看去,房子就显得相当黑,一扇扇窗户就更黑了。二轮轻便马车和四轮载货马车沉重的车轮在地面仅剩的积雪上留下了深深的车辙。几条大马路的交叉处,车辙纵横交错,来回交叉了千百次,形成了错综复杂的通道,浸满了黏稠的黄泥浆和冰水,使人难以分辨前行的道路。天空一片灰暗,连最短的街道都笼罩着昏暗的雾霭,一半融化,一半冰冻。那雾霭中较重的微粒变成了烟尘,犹如阵雨般落下,就像是整个英国所有的烟囱都不约而同地生了火,并随心所欲尽情地燃烧着一样。这种天气里,或是在这样的小镇,没什么值得开心的，但街道的周围却依然弥漫着一种开心的氛围，即便是夏日最清新的空气和最炙热的阳光竭尽全力也无法将这种氛围驱散。

这是因为在屋顶上铲除积雪的人们都兴致勃勃，充满了欢乐。他们隔着围栏呼唤着彼此，而且时不时地开个玩笑，互掷雪球——这是比好多口头上的玩笑和气得多的飞弹——要是被打中了，就开怀一笑，要是没打中，开心也不会减少一分。卖家禽的店铺仍然半开着门，而卖水果的店铺则让人目不暇接。一只只又大又圆鼓着肚子的篮子，装满了栗子，就像乐呵呵的老绅士穿着的马甲。它们懒洋洋地倚靠在门边，因其易患中风的丰腴体态而掉出来摔倒在街上。还有那些红扑扑又黑褐褐的西班牙洋葱，圆润饱满，长得肥肥胖胖，闪闪发亮，就像是西班牙的修道士。有女孩经过时，它们便在木架上挤眉弄眼，带着一丝嬉戏的狡黠，又不忘假装正经地瞅瞅挂在上面的槲寄生[①]。鸭梨和苹果堆成了高高的金字塔状；还有大串的葡萄，店主们大发慈悲将它们挂在引人注目的钩子上晃荡着，使得路过的人们垂涎三尺；还有成堆的欧洲榛子，覆盖着青苔，呈棕褐色，它们散发的香味让人回想起隐藏在树林间的古老的小路，以及在深没脚踝的枯叶中愉快漫步的情形；还有诺福克[②]红苹果，胖嘟嘟、黑黝黝的，把橘子和柠檬的黄色衬托得格外显眼，它们以结实而又多汁的身躯，迫切地恳请和乞求客人们，用纸袋子把它们装着带回家，然后饭后享用。金鱼和银鱼养在一只鱼缸里，摆放在这些精品水果中，虽然它们属于反应迟钝、血脉不景气的种群，但好像也知晓周围正发生的事，而且，对于鱼儿来说，本来就只要优哉游哉地，怀着不冷不热的情绪，在自己

---

① 据美国作家华盛顿·欧文(1783—1859)在《见闻录》中记载，圣诞节的时候，农舍和厨房中悬挂着槲寄生，青年小伙子可以去吻站在槲寄生下面的姑娘，并且每次摘去一粒红浆果，等到红浆果全部摘完就不可再去接吻。

② 英格兰东部的一个郡，出产多种烹调用的苹果。烹调时，用煤火慢慢烘烤苹果，然后用两块铁板把它压碎成圆饼，再用稻草包装。

的小天地中呼吸着，一圈一圈地游荡着。

还有杂货铺呢！噢，杂货铺子！差不多都打烊了，或许已经关了两扇百叶窗，抑或是一扇。还是透过这些窗缝来扫一眼吧。不单单是磅秤落在柜台上发出的悦耳的声音；或是麻绳和滚轴相互之间活泼的道别声；或是那些像杂耍一样的瓶瓶罐罐，忽上忽下发出的咯咯声；或者甚至是茶叶和咖啡的混合香气给鼻子带来的快感；又或者是葡萄干如此丰富多样却又如此稀有，杏仁如此洁白，肉桂枝又长又直，其他香料也如此美味，水果蜜饯沾满了块状和斑点状的糖渍，就算最理智的旁观者也会觉得头昏目眩，并因此而不能自已。也不单单是无花果柔嫩又多汁，那精美包装盒中的法国梅子，因带些淡淡的酸味而羞红了脸。每一样食物都美味可口，并且都穿上了圣诞节盛装。但在这充满希望的日子里，顾客们都是如此匆忙，如此急切，以致他们在门口互相撞了个满怀。他们那柳条编制的篮子也被撞来撞去，并且常常会把购买的东西落在柜台上，而后再奔回来取，他们乐此不疲地一而再再而三犯着类似的错误。这个时候，杂货商和他的伙计们也是如此直率和精神饱满，藏在围裙背后那一颗颗闪亮的心(可能本来就属于他们自己)，如今也都敞开来让大家鉴定，并且可以让圣诞节的寒鸦来啃食，如果它们想要的话。

但是，不久后一座座教堂的广播就把所有善良的人们呼唤到大教堂和小教堂去了，人们穿着最漂亮的衣服，洋溢着灿烂的笑容，成群结队穿过街道而来。与此同时，不计其数的人们，从许许多多街道的分岔路口、小巷子以及不知名的拐角处蜂拥而来，他们携带着晚餐冲向面包房①。看到这些贫穷的狂欢者，鬼灵似乎十分感兴趣，此时它和身旁的斯库里奇一起站在面包房的门口，当携带着晚餐的人们

① 当时在每个星期天或圣诞，面包师按规定不可烤面包，于是穷苦的人们便带着饭食到面包房去加热，这样，他们至少一星期可以吃到一次热的饭食。

经过时，它就掀开他们的晚餐盒，从火炬上把香料[1]撒在他们的晚餐里。这是一把很不寻常的火炬，因为有一两次，当某些带着晚餐的人互相推推搡搡、彼此出言不逊时，它就从火炬上拨几滴水洒在他们身上，他们就会立刻恢复好心情。因为他们说，在圣诞节这天吵架，是很难为情的。也的确是！上帝保佑，说得真好！

最后教堂钟声停止了，面包房也打烊了。然而在每个面包房烤炉上因湿气融化而产生的氤氲中，那些影影绰绰的晚餐和人们烹饪的过程，这样暖暖的画面仿佛依旧清晰可见。烤炉所在的地面也冒着热气，好像地上的石头也被蒸煮了。

“你从火炬上撒下来的东西有什么特殊的味道吗？”斯库里奇问道。

“有。我自己的味道。”

“它是要赐给今天所有的晚餐吗？”斯库里奇接着问。

“要慷慨地赐予所有人，但给穷人的最多。”

“为什么要给穷人最多呢？”斯库里奇又问。

“因为他们最需要食物。”

“鬼灵啊，”斯库里奇思考了片刻，说道，“我很奇怪，在我们周围的世界里，为何偏偏是你想要限制这些人单纯地享受乐趣的机会呢！”

“是我吗？”鬼灵大吼道。

“你要剥夺他们每隔七天享用美食的机会，那往往是他们唯一一个可以享用美食的日子，”斯库里奇说，“你不是这样吗？”

“是我吗？”鬼灵再次大吼道。

“是你力图想要这些地方在安息日都关门的吧？”斯库里奇说，“这还不是一回事吗？”

---

① 撒香料原是东方三贤士作为给出生于穷苦人家的基督儿童祝福的一种礼物。

"是我要的吗?"鬼灵大喊道。

"如果我有什么说错的,请原谅我。那都是以你的名义,或者至少是以你家族的名义这样做的。"斯库里奇说。

"在你们这片土地上,"鬼灵回应道,"的确有这么一些人,他们自诩了解我们,而且以我们的名义做他们那些有关情欲、傲慢、憎恶、仇恨、嫉妒、偏执以及自私的种种勾当,但对于我们以及我们的亲戚朋友来说他们都很陌生,仿佛他们从来都不曾存在过。请记住这一点,让他们对自己的所作所为负责,而不是让我们买单。"

斯库里奇承诺他会的,于是他们像之前那样继续前行,悄无声息地来到了小镇的郊外。鬼灵拥有一项非常了不起的能力(关于这点斯库里奇在面包房就注意到了),那就是尽管它的身躯巨大无比,却能够毫不费力地适应任何环境。它温文尔雅地站在低矮的屋檐下,一副超脱自然的样子,就像它站在任何大会堂里所可能表现出来的一样。

或许是因为这位善良的鬼灵展示自己能力时很快乐,要不然就是因为它自身仁慈、慷慨、热忱的本性,以及它对所有穷人的同情心,它径直来到了斯库里奇的小职员家门口。它来到了那里,顺带着把抓着长袍的斯库里奇也带了过去。鬼灵在门槛上停了下来,微笑着,挥洒着火炬祝福鲍勃·克拉奇蒂的家宅平安。想一想那种情形吧!鲍勃每个星期只能挣到十五个"鲍勃①",每逢星期六,他口袋里只能揣着十五个他的教名复制品,然而这位"现在的圣诞节鬼灵"却在祝福他那有四个房间的家。

这时,克拉奇蒂夫人,也就是克拉奇蒂的妻子,站了起来。她身着一件翻制了两次的长袍,很寒碜,但佩戴着很华丽的绶带,虽然很便宜。如此看来,只要六个便士,就可以打扮得很漂亮。她的二女

---

① 鲍勃这个名字在英国伦敦方言中同时还拥有"先令"的意思,值十二个便士。

儿，贝琳达·克拉奇蒂，同样佩戴着美丽的绶带，正协助她一起摆放餐具。小主人彼得·克拉奇蒂正一边用手提着他那极为宽大的衬衫领口(那是鲍勃的私有财产，为纪念这个日子而授予他的子嗣的)，一边用叉子将那平底锅里的土豆放进嘴里。他为自己装扮得如此帅气而感到非常得意，向往着去上流社会的公园炫耀一下自己的亚麻布衬衫。此时，两个更年幼的克拉奇蒂，一男一女，飞奔着进来，嚷嚷道，说在面包房外，他们就闻到了烤鹅的香味，而且知道那是他们的烤鹅。沉浸在鼠尾草①和洋葱的奢华幻想中，这两个年幼的克拉奇蒂围着桌子跳起舞来，还把小主人彼得·克拉奇蒂吹捧上了天，彼得此时(并不骄傲，他的衣领都快令他窒息了)正在吹炉火，直到那慢吞吞的土豆沸腾起来，大声地撞击着炖锅盖子，叫嚷着把它们取出来去皮。

“你们亲爱的爸爸到底怎么回事啊?”克拉奇蒂夫人说道，“还有你们的弟弟，小蒂姆? 还有玛莎，去年圣诞节也没迟到半小时啊!”

“玛莎来啦，妈妈!”伴随着说话声一个女孩出现了。

“真的是玛莎，妈妈!”两个年幼的克拉奇蒂呼喊道，“哇喔! 多棒的一只烤鹅啊，玛莎!”

“哎呀，上帝保佑你，我的宝贝，怎么来得这么晚。”克拉奇蒂夫人一边说，一边猛亲了她几口，然后很亲昵地帮她解开围巾，摘下帽子。

“昨晚我们赶工完成大量的任务，”女孩回应说，“今天早上又得收拾整理干净，妈妈。”

“哦! 没关系，只要你回来就好，”克拉奇蒂夫人说，“我的宝贝，快坐到壁炉前来暖暖身子，上帝保佑你!”

“别坐，别坐! 爸爸回来啦，”两个年幼的克拉奇蒂一起呼喊道，他们到处乱跑着，一刻不停，“藏起来，玛莎，快藏起来!”

---

① 多年生草本，植株呈丛生状，叶对生，长椭圆形，色灰绿，是烧烤肉食的调味品。

于是玛莎躲了起来，紧接着小鲍勃和爸爸进了门，爸爸围着一条至少三英尺长的羊毛围巾，还不包括垂在胸前的流苏。他那破旧的衣服上满是补丁，但刷洗得干干净净，看起来很合时宜。小蒂姆就坐在他的肩膀上。可怜的小蒂姆，他带着一根小拐杖，四肢都用铁支架支撑着！

"咦，我们的玛莎在哪里啊？"鲍勃·克拉奇蒂四处张望，大声问道。

"她不回来了。"克拉奇蒂夫人回答说。

"不回来了！"鲍勃说，他高昂的情绪猛然低落下来，因为他刚刚充当蒂姆的人肉坐骑，一路从教堂蹦蹦跳跳奔回家里，"连圣诞节这天都不回来！"

玛莎不忍见他如此低落，即便这只是一个玩笑而已，所以她提前从小壁橱的门后面跑了出来，投向他的怀抱。同时，两位年幼的克拉奇蒂夺走了小蒂姆，带他到洗衣房去了，以便让他也能听到布丁在铜锅①里唱着歌。

"小蒂姆的表现怎么样啊？"取笑完鲍勃的上当受骗，克拉奇蒂夫人询问道，而此时鲍勃正心满意足地搂着自己的女儿。

"他很乖，"鲍勃说，"还不只这样呢。当独自坐着时，他常常陷入沉思，然后思考一些你从未听说过的最最奇怪的事情。在回来的路上，他告诉我说，他希望教堂里的人能够看见他，因为他是个瘸子，也许在圣诞节这一天，他能让大家很开心地记起到底是谁曾让跛脚的乞丐行走，让盲人能看见。"

讲诉这一切时，鲍勃的声音一直在颤抖着，说到小蒂姆正成长得健康强壮时，他的声音颤抖得更加厉害了。

鲍勃的话音刚落，伴随着那灵活的小拐杖敲击地板的声音，小蒂

---

① 铜锅，煮东西的容器，在平常的日子里，克拉奇蒂夫人用它来煮要洗的衣服。

姆回来了，他的哥哥姐姐搀扶着他坐到了壁炉前的凳子上。此时，鲍勃正卷起袖子——可怜的家伙，那副袖子似乎还能被弄得更破旧不堪些——将杜松子酒和柠檬装进水壶搅拌成混合热饮。他一遍遍不停地搅拌着，然后把它放在壁炉旁的铁架上温热。小主人彼得和那两位到处乱窜的年幼的克拉奇蒂前去取回烤鹅，不久后他们就兴高采烈地列队而归。

紧随而来的是一阵欢欣雀跃，以至于可能让你觉得鹅是所有禽类中最最稀有的物种了。它是一种长着羽毛的珍禽，就算将它称之为黑天鹅也无可厚非。事实上，在这间屋子里，它对于这家人来说确实犹如黑天鹅般珍贵。克拉奇蒂夫人把肉汁（那是事先就在小平底锅里准备好了的）加热得嘶嘶作响；小主人彼得竭尽全力将土豆捣成糊状；贝琳达小姐在给苹果酱加糖；玛莎在把一个个热盘子擦拭干净；鲍勃把小蒂姆带到桌子的小拐角处，坐在他的身旁；两个年幼的克拉奇蒂为每一位都安排好了座位，当然也没忘了他们自己。他们登上监管的岗位，把汤勺塞进嘴里，免得到时候还没轮到为自己分食物时便大声嚷嚷着要吃烤鹅。最后，菜肴都摆上餐桌，饭前感恩祷告也已完毕。当克拉奇蒂夫人慢慢地从头至尾看了一遍切肉刀，准备将它插进烤鹅的胸膛时，全家都陷入了一阵屏息凝神的沉默，但当她真的那样做了，那期待已久的填料喷涌而出时，一阵阵兴奋的低语从餐桌的周围传来。即便是小蒂姆，受两位年幼的克拉奇蒂感染，也变得兴奋起来，用他的刀柄敲击着桌面，轻声地呼喊着万岁。

他们从未见过这样一只烤鹅。鲍勃说他不相信能有一只这么好的烤鹅。它的柔嫩和鲜美、硕大和便宜，成了大家普遍赞美的话题。配上苹果酱和土豆泥，对于全家来说，这是一顿极其丰盛的晚宴。的确，正如克拉奇蒂夫人欣喜不已时所说的那样（看了一眼盘子里那一小块骨头），他们竟然没有把它全部吃完！然而每个人都已经吃得饱饱的了，尤其是那两个年幼的克拉奇蒂，他们沉浸在鼠尾草和洋葱的美味中，吃得眉毛上都是！但现在，盘子已经被贝琳达小姐换走了，克拉奇蒂夫人独自离开了房间——因为太激动，不想被别人看到——前去把布丁端进屋子里来。

假设布丁没有煮透该怎么办？假设翻动布丁时裂开了怎么办？假设当他们正在尽情享用着烤鹅时，有人竟然从后院的墙头翻了过来把布丁偷走了该怎么办？两位年幼的克拉奇蒂揣测着，非常生气，各种各样令人恐怖的情形都假设了一番。

哦耶！好一个热气腾腾的场面！布丁从铜锅里端了出来，传来一股浓重的洗衣日①的气味！那是蒸布的味道！那是一种混合了彼此相邻的饭馆和糕饼店以及隔壁女工洗衣作坊的气味！那是布丁的味道！不到半分钟，克拉奇蒂夫人就进来了，有些激动，但是得意地微笑着。她手里的布丁，就好似一颗点缀着斑点的大炮弹，如此的坚硬结实，在燃烧着的白兰地中闪耀着光芒，它的顶部插着圣诞节冬青枝作为装饰。

噢，多么美妙的布丁啊！鲍勃·克拉奇蒂平心静气地说道，他认为这是结婚以来克拉奇蒂夫人所取得的最伟大的成就。而克拉奇蒂夫人说，如今她心里的一块石头总算落了地，她愿意承认她曾经对面粉的使用量是否适当有所怀疑。关于布丁，每个人都想说些什么，但终究没有人开口。或许对于这个大家庭来说，它仅仅就只是一个小小的布丁罢了。谁要是真的说了什么或这样想了，那就彻底成了异端邪说。任何一个克拉奇蒂成员就算只是暗示一下这件事都会觉得脸红。

最终晚餐全部结束，桌布清洗干净，灶台打扫完毕，炉火也生旺了。大家品尝了一下水壶里的混合热饮，都觉得味道美极了。苹果

---

① 当时英国家庭中规定，洗衣的日子一般在星期一。葡萄干布丁是用布包着放在平时洗衣用的铜锅里蒸煮的，因而带着洗衣日的气味。

和橘子摆上了餐桌，炉火上烘烤着满满一铲子的栗子。随后克拉奇蒂一家就围绕在壁炉旁，鲍勃·克拉奇蒂把大家坐的形状称之为圆圈，实际上是半个圆圈。此刻在鲍勃·克拉奇蒂的肘关节处，摆放着玻璃制造的家庭陈列品：两只平底杯，一只无柄的奶黄杯。

其实，用它们来盛装水壶里的混合热饮，与用纯金高脚杯来盛放并无太大差别。鲍勃倾倒着热饮，喜笑颜开。此时，栗子正在炉火上发出"噼里啪啦"爆裂的声音。随后鲍勃举杯祝酒：

"我亲爱的家人，祝我们全家圣诞节快乐。愿上帝保佑我们！"

全家人都齐声附和。

"愿上帝保佑我们每一个人！"小蒂姆最后一个说道。

他紧挨着父亲，坐在自己的小凳子上。鲍勃握着他纤细的小手，他似乎很钟爱这个孩子，想要把他留在自己身边，害怕有人将他从自己身边夺走。

"鬼灵，"斯库里奇说，怀着他从未有过的兴趣，"告诉我小蒂姆是否会活下去。"

"我看到了一个空位，"鬼灵回应说，"在壁炉旁凄凉的一个角落里，那儿还有一副无主的拐杖被用心地保存着。如果'未来之神'始终原封不动地保存这些影像的话，那么这个男孩就会死掉。"

"不，不要，"斯库里奇说道，"噢，不可以，仁慈的鬼灵啊！请告诉我他会被饶恕的。"

"如果'未来之神'始终原封不动地保存这些影像，"鬼灵回答道，"那么凡我种族都不会在这里看到他。就算那样又如何呢？如果他喜欢死掉，那他最好就去死吧，还能减轻一下过剩的人口呢。"

听着鬼灵引用他曾说过的话，斯库里奇垂下了头，内心充满了悔恨与悲伤。

"人类，"鬼灵说道，"如果你心里装的是人类，而不是那些冥顽不灵的东西，那就摒弃那些不道德的伪善之言，直到你明白到底什么是过剩，到底哪里有过剩。难道你可以决定什么人应该活着，什么人应该死掉吗？在老天爷眼里，相比数以万计这类穷人家的孩子来说，也许你更没有价值可言，更不配继续存活下去。哦，上帝啊！听听树叶上小昆虫的声音吧，它竟然声称太多的生命因饥饿而死去。”

面对鬼灵的指责，斯库里奇弯腰曲背，颤抖着，眼睛瞧向地面。可随后一听到他的名字，便又立刻抬起眼睛。

“斯库里奇先生！”鲍勃说，“我要向你们提起斯库里奇先生，也就是这顿大餐的发起人！”

“发起人！确实！”克拉奇蒂夫人嚷道，脸都涨红了，“我真希望他在场。我会拿我的心声给他当配菜，希望他听了会胃口大开！”

“亲爱的，”鲍勃说，“孩子们，今天是圣诞节。”

“的确是圣诞节，可我们怎能举杯敬斯库里奇先生这种吝啬讨厌、刻薄无情的人？罗伯特，你知道他就是这样的人。没有人比你更清楚了，可怜的人儿！”

“亲爱的，”鲍勃温和地回答，“今天是圣诞节。”

“我就看在你和节日的份上祝福他，”克拉奇蒂夫人说，“不是为了他本人。祝他长寿！祝他圣诞快乐，新年如意！我确信，他一定会很快乐很如意的！”

孩子们随后也一饮而尽。这是他们头一件并非满怀诚心而做的事情。小蒂姆最后一个饮完，但他并不在意。斯库里奇对这个家庭来说，就是个食人魔，一提到他的名字，整个家庭聚会便笼上了一层黑暗的阴影，整整五分钟都没消散。

阴沉的气氛过去了，他们的欢乐是之前的十倍，仅仅因为他们已经从邪恶的斯库里奇所带来的阴影中解脱出来了。鲍勃·克拉奇蒂告诉大家他已在心里为小主人彼得看中了职位，如能获得，一个星期便能挣到五先令六便士。两个年幼的克拉奇蒂想到小彼得成为一个生意人的样子，便大笑不已。小彼得本人呢，眼睛从他的衣领间看过去，正若有所思地看着炉火，好像在思索着当他收到这笔令他眼花缭乱的进款时，要将它投资到哪个方面。玛莎，一个在女帽贩卖商手底下打工的穷学徒，随后告诉大家她必须做什么类型的工作，一口气要工作多少小时，第二天早上躺在床上好好睡一觉对她而言有多么重要，明天是假日，她可以在家悠闲度过。她还说，几天之前，她看到一位伯爵夫人和一位勋爵，那位勋爵“与彼得差不多高”。听到这句话，彼得便把衣领拉得相当高，要是你当时也在场的话，肯定看不到他的头。这期间，栗子和水壶一圈圈地在他们之间递来递去。后来小蒂姆给大家唱了一首歌，讲述的是一个迷路的孩子在雪地里前行的故事，小蒂姆那哀伤又微弱的嗓音，确实将这首歌演绎得很好。

这样的场景里没什么高水准之处。他们不是个富贵的家庭，衣着不讲究，鞋子也绝非防水型，衣物并不足量。彼得可能了解，并且很有可能知道，当铺里边是怎样的。但是，他们全都快乐着，感恩着，彼此友爱相处，心满意足地过着节日。临别时，这一家的一幕幕渐渐地从斯库里奇的视线里淡去，然而从鬼灵的火炬所散发出的明亮的点点亮光中，依旧可以看出他们越发快乐着。斯库里奇一直注视着这一家，尤其是小蒂姆，直到他们最后完全消失不见。

此刻，天色渐渐暗了下来，雪下得正大。斯库里奇和鬼灵沿着街道前行。一家家厨房、客厅以及各式房间里，熊熊炉火所散发出的明亮的光真是壮观。在这里，闪烁的火焰表明一顿惬意的晚宴正在准备当中，一只只热烘烘的盘子在炉火前一遍遍地烘烤着，还有那深红色的窗帘，正准备拉上，要将寒冷与黑暗阻挡在外。那儿所有的孩子都争先恐后地冲出屋外，跑到雪地上去迎接他们已婚的哥哥姐姐们、堂兄弟姐妹们、叔叔阿姨们，都希望能够成为第一个去欢迎他们的人。再看这里，宾客们欢聚在一起，遮光帘上显现出他们的重重黑影；还有一群美丽的姑娘，全都戴着头巾，穿着毛皮靴，叽叽喳喳说个不停，正悄悄地向邻近人家走去。在苦恼的单身汉眼中，她们是如此的光彩夺目。这群伶俐的美人精，她们自己也都清楚这一点。

假如你只是从正在途中前往参加友情聚会的人数来判断的话，你或许会认为，他们到达之时，根本没人在家迎接，并不是每个屋子都欢迎来访，且将炉火堆积到半个烟囱那么高的。上帝保佑，鬼灵对此欢欣不已！它尽情敞开宽广的胸怀，张开阔大的手掌，一路飘浮，慷慨倾泻它的光辉和无害的欢乐，给所到之处它所接触到的每一件事物！那个街灯点灯夫①，奔跑在前，用星星火光点亮这昏暗的街道。他盛装打扮，想必是要在某个地方消磨这夜晚。鬼灵经过之时，点灯夫哈哈大笑，尽管他不知除了圣诞的陪伴，还有伙伴相伴身旁呢！

此时，鬼灵一声招呼都没打，便带着斯库里奇来到了一片阴冷荒凉的旷野上。那儿巨石嶙峋，奇形怪状，遍地都是，随处可见，仿佛是巨怪们的埋藏地。水流随心所欲地四处流淌着，或者说，要不是冰霜的囚禁，它本就是如此放肆漂流。这里只长着苔藓、荆豆以及丛生的杂草，别无其他。夕阳西下，天边留下一抹火红的晚霞，好似一只愠怒的眼睛，瞪视着这片荒凉之地，继而蹙眉颦额，越来越低，越来越低，最终消失在这浓重阴暗的黑夜之中。

“这是什么地方？”斯库里奇问。

“这是矿工们生活的地方，他们在地壳下辛勤地劳动着。”鬼灵回答道，“但是他们都知道我的。你看！”

一抹光亮从一间茅屋的窗户透出，他们便即刻朝那走去。穿过一堵泥石砌成的墙壁，只见一群欢乐的人群围聚在熊熊的炉火旁。那是一位极其年老的老头儿和一位老妇人，与他们的子女、孙子、曾孙们欢聚一堂。一家人全都盛装打扮，穿着华丽的节日盛装。老头儿正在为他们唱一首圣诞歌曲，他的歌声几乎不会高过窗外在荒野

① 英国当时使用煤气街灯，每天要由点灯夫点亮。

上呼啸而过的风声。在他童年之时，那首歌就已经很古老了。时不时地，这一家子都附和着加入合唱。毫无疑问，他们提高嗓音时，老头儿也越发开心，歌声也就越发响亮；他们停下时，老人的活力也跟着衰落下来。

鬼灵并未在此多作逗留，只是命令斯库里奇抓紧长袍，便急速穿过这片荒野。斯库里奇不知他们即将奔向哪儿去。不是到海里去吧？正是去海里。回头望去，着实令斯库里奇胆战心惊，身后是一片陆地的尽头，大量的岩石，多得让人害怕；海水翻滚着，咆哮着，在它侵蚀而成的可怕的洞穴间波涛汹涌着，猛烈地拍打着，想要冲毁大地的根基，这些雷鸣般的轰隆声似乎要震聋了斯库里奇的耳朵。海上矗立着一座孤独的灯塔，建在凄凉的暗礁之上，暗礁由沉没的岩石形成，离海岸一里格左右，一年到头，海水都在冲刷撞击着这块礁石。大量的海草缠绕着它的底部，海燕——人们也许以为它们是由风暴诞生的，就像海草是由海水诞生的一样——围绕着灯塔上下飞翔，忽起忽落，正像它们掠翅而过的波浪一样。

即使在这里，两位看守灯塔的人也点起了炉火，一线光亮透过厚厚的石墙上的小孔照射到令人生畏的大海上。他们坐在一张粗糙的桌子旁，两只粗硬的起了老茧的手触碰在一起，用罐装的格罗格酒①恭祝彼此圣诞快乐。其中年长的那位，恶劣的天气在他脸上刻下了道道伤痕，就像古老船只的船头雕饰②可能遭遇的那样，他开始唱起一首豪迈的歌曲，似狂风大作般雄壮。

鬼灵再次急速前行，在黑暗、波浪起伏的海面上前进着，直到远离了任何海岸，就像它对斯库里奇所说的那样，他们降落到一艘船上。他们站在掌舵的舵手身边，船头的瞭望员以及值班的高级船

① 用朗姆酒或其他的酒掺水，一般给水手喝，作为纯酒的代用品。
② 过去外国木船船头常雕饰人像或破浪神像。

员也在其旁。他们各自的岗位上都依稀可见犹如幽灵般的黑影，但是他们中的每一个人或哼唱着圣诞乐曲，或思考着圣诞情节，或悄声低语地对同伴讲述着曾经度过的某个圣诞节，言语中饱含着对回家的热切期盼。船上的每一员，不论是醒着还是睡着，不论好与坏，比起一年中的任何日子来，在圣诞节这天都会亲切对人，并且多多少少一起分享圣诞的欢乐，想起远方自己所牵挂的人儿，也知晓他们同样乐意思念着自己。

听着海风的呻吟，思考着那会是怎样庄严的一件事，在孤寂的黑暗中，飘过未知的深渊，其深度如死亡般深不可测，这对斯库里奇来说是莫大的惊奇；同样令他惊奇的是，他正忙于思考时，听到了一阵开怀大笑的声音；更令他惊奇的是，他辨别出那声音来自于他外甥，且发现自己此刻已身处一间明亮、干爽、光彩熠熠的屋子，鬼灵站在他身边，满脸笑容，带着赞许的和蔼的神态看着这位外甥。

“哈，哈！”斯库里奇的外甥大笑着，“哈，哈，哈！”

倘若你碰巧——不过机会不大——认识一个人比斯库里奇的外甥笑得更为幸福的，那我能说的就是，我也想认识他。将他介绍于我，我一定想方设法与他交个朋友。

疾病与悲伤是可传染的，然而世上再也没有什么比笑声和幽默更具有不可抗拒的感染力了，这样的安排绝对公平、不偏不倚，且十分高尚合理。斯库里奇的外甥捧腹大笑着，摇头晃脑，脸庞扭曲到畸形。斯库里奇的外甥媳妇也笑得欢畅，前来聚会的朋友们自然也丝毫不甘落后，都哄堂大笑，前仰后合。

“哈，哈！哈，哈，哈，哈！”

“千真万确，他竟然说圣诞节就是胡闹！”斯库里奇的外甥嚷道，“他还真的信呢！”

“那他就更可耻，弗瑞德！”斯库里奇的外甥媳妇气愤地说道。祝福那些女士们，她们做事从不半途而废，向来都是认真的。

她很美丽，超乎寻常的美丽。一流的脸蛋，嵌着酒窝，此刻面带惊讶的表情；一张红润的小嘴，似乎生来就是用来被亲吻的——毫无疑问，就是这样；她微笑时，下巴周围各式好看的小圆点都彼此融化在一起了；那一双最灿烂的眼睛，是你在任何小美人儿脸上从未见过的。总之，她是那类，你知道的，被称作会挑逗人的人，但同时也是令人感到满意的。哦，完全满意！

"他是个好笑的老头儿，"斯库里奇的外甥说，"这是事实，而且也不会像他能够做到的那样讨人喜欢。不过，他的种种冒犯行为也带来了应有的惩罚，所以我对他也无不满之言了。"

"弗瑞德，我肯定他很有钱，"斯库里奇的外甥媳妇暗暗嘀咕着，"至少你一直是这样对我说的。"

"亲爱的，那又怎样呢！"斯库里奇的外甥说着，"他的财富对他没有任何用处，他没用它做过任何好事，也从没利用财富让自己过得舒服。他肯定不会满意——哈，哈，哈——要是想到他的财富将会给我们带来好处的话。"

"我不愿再提起他了。"斯库里奇的外甥媳妇说。斯库里奇外甥媳妇的姐妹们，以及其他女士们，都表示同意。

"哦，我愿意！"斯库里奇的外甥说道，"我为他感到难过，即便是想要生他的气也无果。他的坏脾气害谁受罪了？害的一直都是他自己。你看，他心里不喜欢我们，所以不过来和我们一起参加晚宴。结果怎么样呢？他损失了一顿多么了不起的晚餐。"

"的确，我认为他损失了一顿美好的晚餐。"斯库里奇的外甥媳妇插了一句。其余每一个人也齐声附和，他们的发言确实比较有说服力，因为他们刚刚享用完晚宴，此刻在灯光下正簇拥在炉火旁，餐后甜点仍摆放在桌上。

"很好。我很高兴听到这句话，"斯库里奇的外甥说，"因为我对于这些年轻的女管家们没太大的信心。托普尔，你怎么看？"

很显然，托普尔早已看中了斯库里奇外甥媳妇姐妹中的一个，因为他回答道，单身汉就是个可怜的流浪者，没有权利对这个话题发表任何言论。随即，斯库里奇外甥媳妇的妹妹，就是戴着花边领布，身材丰满的那位（不是戴着玫瑰花的那位），脸刷得红了。

“弗瑞德，你接着说，”斯库里奇的外甥媳妇拍着手说道，“他向来都不把话说完！他就是个荒唐可笑的家伙！”

斯库里奇的外甥又一次得意洋洋地大笑起来，尽管那位丰满的妹妹嗅着香醋[①]，努力尝试着避免受到他的感染，笑声还是不可抑制地传播开来，大家都一齐跟着笑了起来。

“我只是想说，”斯库里奇的外甥说，“依我看，他不喜欢我们，也不愿与我们一起享受快乐，其结果就是，他损失了一些对他毫无害处的欢愉时光。但我确信，相比于他的思想，或者在他那发霉陈旧的办公室，或者在他那积满灰尘的房间里所能找到的同伴，他失去的是能够带来更多欢乐的同伴。我打算每年都给他一个这样的机会，不管他是否喜欢，因为我同情他。也许他会一直对圣诞抱有怨言直到去世，但我相信他会忍不住对它产生好感。我就不信了，如果年复一年，我都和和气气地来到他那里，对他说声‘斯库里奇舅舅，你好吗’，如果这仅仅只能让他愿意给那可怜的小职员遗赠五十英镑，那也很不错了。我觉得我昨天已经打动他了。”

如今轮到他们放声大笑了，居然说打动了斯库里奇！但由于他脾气极好，也就并没太在乎他们笑什么。因此，不管他们怎样笑着，他都鼓励他们要尽兴，并开开心心地传递着酒瓶。

茶点过后，他们听了一会儿音乐。因为他们都来自音乐世家，当他们唱着无伴奏的男声重唱曲或轮唱曲时，我可以向你保证，他们还

---

① 用樟脑、丁香油、桂皮油、英国薰衣草油和醋酸制成的药品，过去欧洲妇女常用来治头晕。

挺像那么一回事儿的。尤其是托普尔，他能在低音部分像个行家一样高声吼出来，而且不会弄得额头上青筋爆起，抑或是涨得满脸通红。斯库里奇的外甥媳妇很擅长弹奏竖琴。除了其他的曲子之外，她还弹奏了一首简单的小曲(一首简单到了极点的曲子：你可以在两分钟内学会并用口哨吹出来)。先前那位过去的圣诞鬼灵让斯库里奇回想起他在寄宿学校里时，那个来学校接她的小女孩对这首小曲就相当熟悉。当乐曲响起，鬼灵曾给他展示过的所有场景都涌向他的脑海。他越来越感动，想着要是几年前，他能够经常听到这首曲子的话，他可能已经用自己的双手为自己的幸福培养出了对生活的善意，而不需要凭借教堂司事那把埋葬雅各布·马利的铁锹了。

不过他们并没有将整个夜晚都消耗在音乐上。不久，他们便开始玩起了罚物游戏。因为有时候做小孩子是很不错的，没有比在圣诞节做小孩子更好的了，因为这个游戏的伟大发明者本身就是个小孩。停一下！第一个游戏应该是捉迷藏！当然是捉迷藏了。与其让我相信托普尔是真的蒙上了眼睛，还不如让我相信他的靴子上长了眼睛。我的看法是，他和斯库里奇的外甥肯定事先串通好了，现在的圣诞节鬼灵也心知肚明。他对那位戴着花边领布、身材丰满的妹妹如此那般地追逐着，简直就是对人类轻信他人的天性的一种侮辱。他打翻了火钳、火铲，碰倒了椅子，撞到了钢琴，卷在窗帘里透不过气，无论她躲到哪里，他都能跟到哪里。他总是知道那位胖妹妹的所在。他不会抓到其他任何人。要是你故意挡在他的面前(就像有些人做的那样)，他会假装竭尽全力地来抓你，这完全就是对你智商的一种侮辱，而他很快便与你擦身而过，直接奔向那位身材丰满的妹妹了。她不停地大声抱怨这不公平，这的确是不公平。不过最终，他还是逮住了她。他不顾她丝质的衣服窸窣作响，也不管她急速掠过他的身畔，最终将她逼到了无处可逃的角落。而他的举动才是最卑劣不堪的，因为他假装不知道是她；他假装有必要摸一摸她的发饰，并且为了进一步确认她的身份，硬是把一只戒指套在她的手指上，把一条项链戴在她的脖子上。太无耻了，简直无耻极了！毫无疑问，她已经向他传达了她关于此事的态度。此时，又一轮游戏开始了，他们俩便亲密无间地躲在了窗帘后面。

斯库里奇的外甥媳妇并未参加捉迷藏的游戏，她找了一个舒适的角落，舒舒服服地躺在一张大椅子里，双脚搁在脚凳上。鬼灵和斯库里奇此刻就紧靠在她的身后站着。但是，她参加了罚物小游戏，且极其钟爱这个游戏，把字母表中的所有字母都讲了出来。同样的，在“如何，何时，何地”小游戏中，她的表现也是极为出色。让斯库里奇的外甥暗自欣喜的是，她完美地击败了所有的姐妹，尽管她们也都是极为聪敏的女孩(托普尔会这样告诉你的)。那里老老少少有二十人左右，他们都参加了游戏，连斯库里奇也参加了。他沉浸于正在进行的游戏中，全然忘记了人们是无法听到他的声音的。有时候，他会相当大声地说出自己的猜想，而且经常猜得准确。即便是最好的白教堂里最尖锐的保证不会断针眼的针，也没有斯库里奇来得尖锐，虽然他觉得自己脑袋迟钝。

鬼灵见他能有如此兴致，很是开心，并且极为赞赏地看着他。他也像个孩子般请求着，希望能够获准待到客人们都离开的时候。可是对此，鬼灵说他办不到。

“现在开始新游戏了，”斯库里奇说，“半个小时就好，鬼灵，就半个小时！”

这是个名叫“是与否”的小游戏，游戏中，斯库里奇的外甥要想出一个东西，而其他人必须猜出那是什么。对于他们的提问，他只能照实情回答是或者不是。在大家轮番炮火般的提问之下，他引出他想的是一种动物，一种活着的动物，一种相当令人讨厌的动物，一种野蛮的动物，一种时而咆哮、时而咕哝、时而口吐人言的动物，它生存于伦敦，游走在大街小巷，不是用来展览，也没有被人牵着，不住在动物园里，也从未在市场里被宰杀过，既非马，也非驴，既非母牛，也非公牛，既非老虎，也非犬，既非猪，也非猫，更不是狗熊。每每出现一个新问题，这位外甥都不禁迸发出一阵狂笑。他乐得简直无言以表，不得不从沙发里起身不停地跺脚。最后，那位身材丰满的妹妹也陷入了相同的情形，大声嚷嚷道：

"我猜出来啦！我知道那是什么啦，弗瑞德！我知道那是什么！"

"那是什么啊？"弗瑞德喊道。

"那就是你的舅舅斯库里—里—里—里—里奇！"

很显然答案是正确的。大家普遍对此感到很是钦佩，尽管有些人提出质疑说，对于问题"那是一只狗熊①吗"的回答应该是"是的"，因为假设他们曾经往那个方向揣测过，一个否定的回答足以让他们偏离之前对于斯库里奇先生的猜测。

"我深信，他已经给我们带来了巨大的欢乐。"弗瑞德说道，"若是不为他的健康干杯，那也太忘恩负义了。此时此刻，我们都手持一杯香甜的热葡萄酒，因此我说：'祝福斯库里奇舅舅！'"

"好啊！祝福斯库里奇舅舅！"他们大声应道。

"祝这位老人圣诞节快乐，新年快乐，不管他是个什么样的人。"斯库里奇的外甥说道，"他不会接受我的祝福，虽然如此，我还是希望他可以拥有祝福，祝福斯库里奇舅舅！"

不知不觉间，斯库里奇的内心变得如此轻松愉快，要是鬼灵给他足够的时间，他肯定会向这些并不知道他在场的人们祝酒作答，并且作一番感激演讲，不过人们却无法听见。然而就在他的外甥说完最后一个字的时候，整个场景都消失不见了，他和鬼灵再一次踏上了旅程。

一路上他们见识了很多，走得很远，观访的家庭很多，并且每次都带来了美好的结局。鬼灵在一张张病床旁站一站，病人们便都欢

---

① 狗熊，原文 bear，又意为"蛮横的人"。

快了起来；来到异地他乡，他们便也觉得靠近家乡了；经过奋斗的人群旁，他们便耐心地去期盼充满希望的未来；站在贫苦人的身边，他们也变得富有了。在救济院、医院和监狱里，在每一个苦难的避难所里，那些暂时掌握着小小权利的虚荣的人们，只要没有紧拴大门阻止鬼灵进入，它便留下它的祝福，并将它的格言教给斯库里奇。

假若只是从一个平常的夜晚来看，这真是一个漫长的夜晚，然而斯库里奇对此表示怀疑，因为曾经度过的那么多圣诞假期都浓缩到他们在一起度过的这一段时间里了。此外，奇怪的是，斯库里奇的外表保持不变，鬼灵却变得越发老了，而且是明显地老了。斯库里奇注意到了这一变化，却未曾说出口，直到他们离开一个儿童的第十二夜①聚会时，他们一同站在一个空旷的地方，斯库里奇瞧着鬼灵，注意到它的头发已变得灰白，这时他才问。

“鬼灵的生命都如此短暂吗?”斯库里奇问道。

“我的生命在地球上是非常短暂的，”鬼魂回答道，“今晚就结束了。”

“今晚?!”斯库里奇大叫。

“今晚的午夜时分。听！时间越来越近了。”

那一刻，钟声敲响了十一时三刻。

“要是我问了一句不合情理的话，那么请原谅我，”斯库里奇紧盯着鬼灵的长袍，说道，“我看到你裙下伸出了怪东西，可那并不属于你的本体。是脚还是爪子?

“可能是爪子，因为上面有肉。”鬼灵悲伤地回答，“你看。”

长袍的皱褶间，出来了两个孩子：可怜、凄惨、可怕、丑恶、悲苦。他们跪在鬼灵的脚边，紧紧抓着外面的长袍。

“哦，老兄，看这里！看，看啊，看下面!”鬼灵大声叫嚷着。

---

① 第十二夜，即一月五日，主显节的前夜。

他们是一个男孩和一个女孩，都面黄肌瘦，衣衫褴褛，愁眉不展，形如饿狼，然而又那样卑躬屈膝，匍匐在地。他们本应充溢着优美的青春气息，并且以最鲜艳的色彩来润饰自己，可一只像是老年人的干瘪陈腐的手，蹂躏着他们，扭曲了他们，将他们撕扯成了碎片。那本应是天使掌控的地方，如今却潜伏着恶魔，瞪大着眼睛，来势汹汹。在奇妙的天地万物所创造出的所有神奇的事物之中，没有一种变化，没有一种堕落，没有一种人性的颠覆，在任何程度上，有这些怪物的一半那么可怕那么令人恐惧的。

斯库里奇吓丧了胆，往后退去。看到他们这个样子，斯库里奇想说他们是好孩子，但话语却哽在喉部，像是不愿说出如此巨大的谎言。

“鬼灵，他们是你的吗？”斯库里奇也不知该说什么了。

“他们属于人类，”鬼灵低头看着他们说道，“他们依靠着我，向我申诉他们的父亲。男孩叫做无知，女孩叫做贫困。你要提防着他们俩，以及他们阶层的所有人，特别是这个男孩，因为我看到他的额头上写着‘死亡’，除非那两个字被揩掉。千万别让‘死亡’深入！”鬼灵伸手指向这座城市，叫喊着，“谁要是对你说起它，你就诽谤谁！要是你因为派系的原因而容纳了它，那就更糟糕了！那样就等着承担后果吧！”

“没有接纳他们的收容所或其他地方吗？”斯库里奇也吼道。

“不是有监狱吗？”鬼灵说，最后一次用斯库里奇自己的话回复他，“不是有贫民习艺所吗？”

钟声敲响了十二点。

斯库里奇环顾四周，寻找鬼灵，却不见踪影。时钟最后一击的余音也停歇了，这时他想起了老雅各布·马利曾经的预言，举目便看见了一个庄严的幻影。它披着衣服，戴着头巾，像是一层迷雾，沿着地面向他飘来。

第四节

最后一个鬼灵

幻影缓慢、沉重、悄无声息地飘过来了。一来到跟前，斯库里奇就跪了下来，因为鬼灵一路飘浮而来的空气中仿佛散发着阴暗和诡异的气息。

它全身覆盖着暗黑色的长外套，外套将它没头没脑地遮盖着，看不出身形，除了一只向外伸出的手掌之外，什么都看不见。要不是因为这只手，即便此刻想要将它的身形与黑夜分离，将它与周围的黑暗区别开来都是极难的。

斯库里奇能够感受到它的高大威严，当它靠近时，它神秘的存在使得斯库里奇心里对它充满了一种肃然起敬的恐惧。除此之外，他别无所知，因为这位鬼灵既不讲话也不移动。

"在我面前的是未来的圣诞节鬼灵吧?"斯库里奇问道。

鬼灵并未回答，只是用手指向前方。

"你要让我看的幻影是尚未发生却将会发生的事，"斯库里奇紧追着问，"没错吧，鬼灵?"

那件长外套上面部分的褶皱处瞬间收缩了一下，似乎是鬼灵点头了。这是斯库里奇获得的唯一的回答。

虽说斯库里奇此刻已习惯了与幽灵作伴，但他还是极其惧怕这位缄默不语的幻影，两条腿颤抖着，就算内心已准备好了与它同行，却发现自己站都站不稳了。见他如此状况，鬼灵便暂停了片刻，像是给他留下恢复的时间。

可这使得斯库里奇更加狼狈了。他知道在那昏暗的长外套后面，幽灵正目不转睛地盯着他看，然而他，尽管竭尽全力睁大双眼，除了一只幽灵的手以及一片漆黑之外，什么都看不到。这种模糊不清、难以捉摸的恐惧让他震颤不已。

“未来的鬼灵！”他叫嚷着，“我对你的畏惧超过先前的任何一个鬼灵。不过我知道你是为了我好，我也希望能够重新做人，我已准备好与你同行，并且心怀感激。你还是不打算跟我讲话吗？”

鬼灵没有给予任何回应，只是用手笔直地指向前方。

“带路吧！”斯库里奇吼道，“带路！夜已将尽，时间对我而言很宝贵。带路吧，鬼灵！”

幻影飘走了，正如它之前飘过来那样。斯库里奇跟随着它衣服里的黑影前行，他觉得是黑影托起了他，带着他一起走。

与其说是他们飘入了城市，还不如说是城市在他们周围涌现出来，自动地环绕着他们。他们来到城市的中心地带。在伦敦交易所里，他们混在商人之间。商人们匆忙地跑上跑下，口袋里的钱币叮当作响。他们东一群、西一群地谈着生意，时不时地看看怀表以及硕大的金印章，仿佛若有所思。诸如此类的事情，正如斯库里奇过去常常看到的那样。

鬼灵在一小簇商人旁停下。见那群人正指向这里，斯库里奇便走过去听听他们的谈话。

“不，”一个下巴极其肥大的大胖子说，“不管怎样，我对这件事都不清楚。我只知道他死了。”

“他什么时候去世的？”另外一个人询问道。

“我相信是昨晚。”

“为什么？他出什么事了？”另一个人问道，他正从一个巨大的鼻烟盒里取出大量的鼻烟来，“我还以为他永远不会死呢。”

“天晓得。”大胖子打着哈欠说。

“他怎么安排他的钱财的？”一个面红耳赤的绅士问道，他的鼻端悬着一块赘疣，就像雄火鸡腮下的赘肉那样摇来摇去。

“还没听说呢，”那个胖下巴的人再次打着哈欠说道，“或许是留给他的商号了吧。他没有留给我，我只知道这么多。”

这句打趣的话引得大家一阵欢笑。

“葬礼应该很简单，”那个胖子再次发言，“我敢打赌，不会有谁想来参加。要不我们几个一起，志愿去效劳，怎么样？”

“我不介意去参加，如果提供午餐的话。”那位鼻端上长着赘疣的绅士说，“不过我要是去参加的话，我非得饱吃一顿不可。”

又是一阵大笑。

“嗯，说到底，我是你们当中最没有利害关系的人了，”大胖子说，“因为我从不戴黑手套①，也从不稀罕葬礼的午餐。不过要是有人愿意去的话，我也不妨前往。每次想到他时，我都完全不能确定自己是不是他最要好的朋友，因为过去我们每每碰面都会停下聊几句。拜拜！”

讲话的人和听话的人各自散开了，混入到其他的人群中了。斯库里奇认识刚刚的这几个人，他看向鬼灵，希望得到一个解释。

幻影继续滑行，他们飘到一条街道上，鬼灵的手指向偶然相遇的两个人。斯库里奇又去聆听，以为从这儿可以得到解释。

斯库里奇对这两个人也完全熟悉。他们是商人，非常富有，且拥有崇高的地位。斯库里奇曾常常为了他商人的自尊而努力，为了让他们看得起自己，这是站在商业角度来看的，纯粹是商业角度。

“你好！”其中一个说。

“你好！”另外一个回复道。

① 按照英国葬仪的规矩，通常要向参加吊唁的人赠送一副黑手套。

“对了，”头一个人说，“魔鬼[1]终于自尝恶果了，是不是？”

“我也是这样听说的。”另外一个回复说，“今天蛮冷，是吧？”

“圣诞节就是这样。我猜你不喜欢溜冰吧？”

“不溜，不溜。还有其他要紧的事呢。再见吧！”

谈话就此结束。这就是他们的会面、交谈，以及分别。

斯库里奇起初觉得奇怪，鬼灵竟会重视这种显然十分琐碎的谈话，但他确信这谈话中一定暗含用意，便竭力思考起这用意究竟是什么。这样的谈话几乎不会让人联想到与他的老合伙人雅各布的死有什么关系，因为那是“过去”的事了，而此时的这位鬼灵掌管的是“未来”。斯库里奇也想不到任何与自己有直接关系的，且能够与他们的谈话联系起来的人。然而，毫无疑问，不管谈话能与谁联系起来，这当中都包含着能让自己进步的寓意，因此他下定决心铭记他所听到的每一个字，以及看到的每一件事，尤其是在自己的影子出现之时，更是仔细观察。因为他内心抱有期望，未来的自己的行为能够向他提供错过的蛛丝马迹，并且能够轻易地解开这重重谜题。

他就在那四处张望，寻找未来的自己的身影，然而，在他惯常待着的角落里出现的却是另一名男子，并且虽然时钟已指向平常他到达那里的点了，可是，从门廊涌进来的人群之中，他依然看不到任何像他自己的身影。不过，这并未让他感到吃惊，因为他的脑海中已经反反复复地思索着要改变人生，并且想着、盼着他新生的决定能够在这里落实。

幻影一言不发地站在他身旁，伸长了手。周围一片漆黑。斯库里奇将自己从千思万虑的思绪中唤醒，从鬼灵翻转的手掌中，以及此刻与他相关的形势下，他仿佛看到那两只“看不到的眼睛”正犀利地

---

① 原文 Old Scratch 是“魔鬼”的意思，scratch 是“抓、扒”的意思，和 Scrooge 的读音相近。

盯着自己。这使他战栗不已，且冷到骨髓。

他们离开这繁忙的一幕，来到了城镇的一处偏僻地。斯库里奇从未来过这里，虽然他知道这儿的位置，也熟知这儿的坏名声。道路污秽狭窄；店铺和房屋都破烂不堪；人们衣不蔽体，酒醉熏熏，拖拖拉拉，面目丑陋。和众多的污水坑一样，一条条巷子和拱道，向离散的街道喷吐着令人厌恶的气味、污垢和生物。整个区域充斥着罪恶、猥亵与悲苦的气息。

在这个臭名昭著的聚集地的深处，有一家屋檐低矮的突出的小店铺，开在一栋带有围栏的房子的屋檐下，收购铁器、破布、瓶子、肉骨头以及油腻的内脏。店铺的地板上，堆积着大量生锈的钥匙、铁钉、铁链、铰链、锉刀、磅秤、砝码，以及各式各样的废铁。那些几乎没人愿意去仔细挖掘的秘密都孕育和潜藏在堆积如山的不像样的破布中，在成团成块的腐烂脂肪中，在堆积如墓冢一般的白骨之中。这些经营的商品之中坐着一位年近七旬、头发灰白的老滑头，靠在一个由旧砖块砌成的炭炉旁。他将一块用各式破布拼凑起来且散发着霉臭的窗帘挂在绳子上，以此挡住外面的寒气。他抽着烟斗，享受着这悠然自得的隐居生活。

斯库里奇和幽灵来到这个男人的跟前，这时恰好一个手提沉重包裹的妇女偷偷溜进了店铺。就在她刚踏进店铺之时，同样携带着包裹的另一个妇女，也溜了进来，紧跟着她而来的是一个身穿褪色黑衣服的男人。他一见到她们时，其惊讶程度丝毫不亚于他们彼此认出对方时所感到的震惊。一时间，大家都呆立当场，那位叼着烟斗的老头也加入了进来，随后，那三个人都大笑了起来。

“打杂女工是第一个到这里！”头一个进来的女人吼道，“洗衣女工第二个到这儿，殡仪馆的人是第三个。你瞧，老乔，机会来了！要不是我们故意给你机会，我们三人怎会都出现在这里！”

“因为这儿是你们碰头的最好地方，”老乔边说，边把烟斗从嘴里拿开，“到客厅来吧，你知道，很久之前你便可在这里自由出入了，那另外两位也不是生人了。等一下，让我先把店门关好。啊！门嘎吱嘎吱叫得真响！我看，这儿再找不到一块像这扇门的铰链那般锈得厉害的金属了，我也肯定，这儿也没有像我这样的老骨头了。哈，哈！咱们都挺适合自己的行当，都很相称。到客厅来吧，进来吧！”

客厅就是破布屏风后的一块地方。老滑头用一根旧的地毯棍①（楼梯上用来防滑的）把炉火拨到一起，又用烟斗柄把冒烟的油灯修修正（因为是晚上），继而将烟斗再塞回嘴里。

与此同时，那个曾发言过的女人将她的一包东西扔在地板上，以一种炫耀的姿势坐在凳子上，双臂交叉，胳膊肘架在膝盖上，以一种无畏的挑衅姿态瞧着另外两个人。

“什么机会呢？什么机会，迪里拜尔太太？”女人问道，“每个人都有权利去照顾自己。他也一直是这样做的！”

“确实，这话不假！”洗衣女工说道，“没有人比他更会照顾自己了。”

“那么，女人，别干站着瞪眼，好像你很害怕一样。谁是聪明人呢？我猜，我们不会彼此找茬儿吧？”

“不会，绝对的！”迪里拜尔太太和那个男人同时说道，“我们都希望不要。”

“嗯，那很好！”女人嚷着，“那就够了。谁会因失去这样几件小东西而受到损失呢？我想，不会是个死人吧？”

“不会，真的。”迪里拜尔太太笑着说。

“那个缺德的老吝啬鬼，如果他死后仍想保留这些东西，”女人继续说道，“那他在世时为什么不通情达理一些呢？要是他那时有人性，那么在他与死神抗争时，肯定会有人照顾他，而非孤单一人躺在那里咽下最后一口气。”

---

① 把楼梯上的地毯固定在楼梯上的一种细铜棒。

“你说得完全正确，”迪里拜尔太太说，“这是对他的总结。”

“我想包裹再沉一点才好，”那个女人说，“你可以相信我，要是我的手能够碰到任何其他东西，它就会更沉一点了。打开那个包裹，老乔，告诉我里面东西值多少钱。坦白地说，我不怕做第一个，也不怕被人看见。我相信，我们都相当清楚，在这儿碰头之前，我们都是为了自己。这不是罪过。打开包裹，老乔。”

然而她的朋友却具有绅士风度，不答应这样做。那位身穿褪色黑大衣的男士，身先士卒，把战利品拿了出来。东西不多，不过是一两个图章，一个铅笔盒，一对袖套纽扣，以及一个不大值钱的女士胸针，仅此而已。老乔将这些东西一一仔细查看，并进行了估价。他把每一种价钱都用粉笔写在墙上，等到没有其他东西可算了，便将每个价格加成一个总数。

“那就是你的账了，”乔说道，“而且就算让我下油锅，我也不会再加六便士。下一个是谁？”

下一个是迪里拜尔太太。几条被单和毛巾，一件小衣服，两把老式的银茶匙，一把方糖钳子，几双靴子。她的账目也以同种方式呈现在墙上。

“我总是给女士们太多。这是我的一个弱点，我也因此毁了自己，”老乔说道，“这是你的账目。如果你公然提出再问我多要一便士，我肯定会后悔自己太过大方，并且还得扣掉你半克朗。”

“现在解开我的包裹吧，乔。”头一个发言的女人说。

乔跪了下来，以便解开包裹。他解开了好多好多结，拖出一大卷又重又黑的东西。

“你把这叫做什么？”乔问道，“床帘？”

“啊！”女人回复，一边大笑，一边双臂交叉着向前倾，“床帘！”

“你不会说他还躺在那时，你就把吊环和床帘都扯下来了吧？”乔问道。

“就是这样的，”女人回答道，“为什么不呢？”

“你天生要发财，”乔说，“你肯定会发财的。”

“乔，我敢跟你保证，为了一个像他这样的人，任何我能伸手捞到的东西，我都绝不会管住自己的双手。”女人冷冷地回答，“喂，别把油滴到毯子上了。”

“也是他的毯子？”乔问。

“不然你以为是谁的？”女人回复道，“我敢说，就算没有毯子，他也不太可能感冒。”

“他不是死于什么传染性的疾病吧？嗯？”老乔停下手中的活说道，随即抬头看过去。

“这点你不用担心，”女人回答，“要是他真因传染病去世的，那我也不至于为了这些东西在他那里消磨时间闲晃了，我也不是那么喜欢与他作伴。啊！你仔细瞅瞅那件衬衫，就算瞅到眼睛发痛，也找不到一个破洞或是有磨损的地方。这是他最好的一件，质地也好，要不是我拿到手，他们可能已经糟蹋了它。”

“你所谓的糟蹋是什么意思？”老乔问道。

“穿在他身上一同下葬，肯定会这样。”女人大笑着回答，“有人竟然蠢到让他穿这身衣服入土，但是我把它脱了下来。要是白棉布用来裹着下葬都不够合适的话，那么它的其他任何用途都是不合适的了。白棉布与那具尸体倒也相称。比起那件衬衫，白棉布也没显得更难看。”

斯库里奇心惊胆战地听着这段对话。这群人围坐在自己的战利品旁边，借着老人的灯所发出的稀稀疏疏的微弱的灯光，斯库里奇深恶痛绝地看着他们，厌恶反感到了极致，即便他们如恶魔般对尸体进行着买卖，他的厌恶也无法再增加一分了。

“哈，哈！”还是那个女人大笑了起来，当老乔拿出一个法兰绒的钱袋，把各人所得款项清点好放在地上时，“你们看，一切就这么结束了。他在世时吓跑了每一个人,结果死了却让我们得利。哈,哈,哈!"

"鬼灵!"斯库里奇从头到脚打着寒战,说道,"我懂了,我懂了。这个孤单死去的不幸的人有可能就是我自己。现在我的人生正朝着那个方向发展。仁慈的上帝啊,这是什么东西啊?"

斯库里奇恐惧地直往后退缩,因为眼前的场景变换了,此刻他所在的位置,触手可及的是一张床:一张光光的、没上帐子的床,床上破烂的床单下掩盖着某种东西。它虽无声无息,却用一种可怕的语言宣告着自己的存在。

房间里很暗,尽管斯库里奇受到一种难以言喻的冲动的驱使,急于想要弄清这到底是怎样一间屋子,便环视了四周,屋子却暗得什么都看不清。这时,一道惨淡的光线从外面的空气中升起,直直地照到床上。床上躺着的就是这个遭人掠夺、被人遗弃、无人照看、无人悲泣、无人爱护的男人的尸体。

斯库里奇朝幽灵瞥了一眼,它坚定的手正指向尸体的头。盖布是马马虎虎铺上去的,斯库里奇只要稍微动动手指,轻轻一掀,那张脸就露出来了。他想了想,觉得这做起来非常容易,也渴望试一下,但是他已没有力量去掀开这层面罩了,正像他没有力量去摆脱他身边的这位幽灵一样。

哦,冷漠、严峻、可怕的死神啊,您在这儿设立了您的祭坛,并且按照您的命令将它装饰得如此恐怖,您可以这样做,因为这是属于您的统治领域啊!但是对于一位被人拥戴、受人尊敬,且萦绕着荣誉光环的人的头,您不可以肆意地按照您可怕的心意来装饰,即便是动一根头发,或是让某个部分的相貌变得丑恶。这并不是因为那只手被松开时因沉重而往下垂落,也不是因为心脏与脉搏都已停止跳动,而是因为那曾是只大方、慷慨、真诚的手,是因为那曾是颗勇敢、热情、温柔的心,并且那是男子汉的脉搏。打击吧!幽灵,蹂躏吧!您会看到他的善行从伤口处喷涌而出，给这个世界播种不朽的生命！

此刻并没有声音将这些话传到斯库里奇的耳朵里，可他朝这张床看过来时，却听见了这些话。他思索着，要是这个人现在能起死回生，他的头几个想法会是什么呢？贪婪、重利、锱铢必较？这些想法的确给他带来了丰富的结果啊！

他躺着，在一间黑黑的空屋子里，没有一个男人、一个女人或是一个小孩说他在这方面或那方面待我好，并且说为了记住他的好我也要待他好。只有一只猫在抓着门，还有老鼠在壁炉石下发出咬啮的声音。在这间充满死亡气息的屋子里，它们到底想要什么呢？它们为何如此焦躁不安、骚动不已呢？斯库里奇不敢往下想了。

“鬼灵！”他吼道，“这是个可怕的地方！等我离开，我是不会忘记这个教训的，相信我。我们走吧！”

可是鬼灵仍然指着尸体的头，手指丝毫未动。

“我明白你的意思，”斯库里奇回应道，“要是我办得到，我会做的。可是我没办法，鬼灵！我没这个力量。”

鬼灵似乎又在望着他。

“如果这个镇上有任何一个人因为这人的死而动了真感情的话，”斯库里奇极其挣扎地说，“带我去看那个人吧，鬼灵，我求你！”

幽灵将它的黑袍在他面前展开片刻，犹如张开的翅膀一般，等到袍子收回之时，展现在他们面前的是一间日光照耀的房间，一个母亲和她的孩子们正待在那儿。

她正在等着某个人，一副焦急迫切的样子，因为她在房间里踱来踱去，听到任何声音都会一惊；她时不时从窗户里往外瞧，时不时瞥一眼时钟；她试着去做针线活，却总是徒劳，并且难以忍受孩子们玩闹的声音。

终于她听到了那期盼已久的敲门声。她急忙赶到门口，看到了她的丈夫。尽管年轻，她的丈夫却是一副饱经忧患、沮丧低迷的样子。此刻他的脸上却有着一种不平常的表情，那是一种严肃的喜悦，他为这表情感到羞愧，因而竭力克制着。

他坐下来吃晚饭，那晚饭刚才就搁在炉火旁热着了。他的妻子小心翼翼地问他有什么消息时（这是在一段长久的沉默之后才问的），他显得很为难，不知如何回答才好。

“这样帮助他是好呢，”她问道，“还是坏呢？”

“不好。”他回答道。

“我们彻底完了吗？”

“不，卡洛琳，还有希望。”

“要是他大发慈悲的话，”她吃惊地说，“那才有希望！要是连这样的奇迹都会发生，那么就没有什么是不可挽救的了。”

“他不可能大发慈悲了，”她的丈夫说道，“他死了。”

如果她的表情是诚实地表现心情的话，那她确实是个性情温和、拥有耐心的女子。不过她听到这句话，打心底里感激，便双手合十，道出了内心的感受。下一刻，她便祈祷上帝原谅，并且表示抱歉，但是最初的情绪才是她内心最真的感情。

“我之前想去见他，请求延缓一星期还款。这件事是我昨晚跟你提到的那个喝得半醉的女人对我说的。我本来以为那只是一个对我避而不见的借口，结果都是实情。他那时候不仅仅是病得厉害，而是快要死了。”

“那我们的债务会转给谁呢？”

“我不知道，不过到那时候，我们应该已经准备好钱了。如果他的继承人也是这般无情的债权人，那才真的糟透了。今晚我们可以轻松入眠了，卡洛琳！”

没错。尽管他们想心软一点，但内心确实轻松多了。孩子们簇拥在一起，安静地听着他们几乎不能理解的话，脸上的表情似乎也更明亮了。因为这个人的死，这间屋子的气氛更欢快了。鬼灵展示给斯库里奇的是，人们对于这桩丧事，表现出来的唯一的感情便是欢乐。

“让我看看跟死亡有关的温馨场面吧，”斯库里奇说，“不然，我们刚刚离开的那间黑屋子会让我永世难安的，鬼灵！”

鬼灵领着他穿过几条他熟悉的街道，沿途中，斯库里奇东看西看，想要寻找他自己，却到处都找不到。他们走进了可怜的鲍勃·克拉奇蒂的家中，这是他曾到访过的住所，只见母亲和孩子们围坐在炉火旁。

安静，相当安静！平常爱喧闹的小克拉奇蒂们坐在角落，安静得犹如雕像，抬头看着面前放着书的彼得。母亲和她的女儿们正忙于手中的针线活，当然她们也非常安静。

“他便叫来一个孩子，让他站在他们当中。”

斯库里奇在哪儿听过这些话呢？不是在梦中。刚刚他和鬼灵跨过门槛的时候，那个男孩肯定朗读过这句话。他为何不继续念下去呢？

母亲把她手中的活儿丢到桌子上，用手遮住脸。

“这颜色[①]伤我的眼。”她说道。

这颜色？啊，可怜的小蒂姆！

“现在又好些了，”克拉奇蒂太太说道，“烛光让我的眼睛模糊了，等你们爸爸回家时，我无论如何都不能让他看到我模糊的双眼。他回家的时间快到了。”

“已经过了那个点了，”彼得合上书，回应道，“不过，妈妈，我看他最近傍晚走得比以前稍微慢一些。”

他们再次陷入沉默。最后她用一种沉重、欢快的声音张口了，中间仅停顿了一次：

---

① 狄更斯的手稿上原来写的是“黑颜色”，后删去了“黑”，意指黑色的丧服。

“我知道他曾——我知道他曾把小蒂姆架在肩膀上散步，走得真是快啊！”

“我也知道，”彼得大叫着，“而且常常这样。”

“我也是。”另一个叫嚷着。大家都说是这样的。

“不过他背起来真的很轻，”她再次拾起手中的活儿，说道，“爸爸又那么爱他，因此不会觉得麻烦，不会觉得麻烦。你们的爸爸到门口了！”

她匆忙走出去迎接他。鲍勃走了进来，围着羊毛围巾，他曾经真的很需要这东西，可怜的家伙！他的茶已放在铁架上准备好了，大家都争先恐后地去伺候他。两位年幼的克拉奇蒂爬到父亲的膝盖上坐下，一边一个，各自把小脸腮贴到父亲的脸上，仿佛在说着：“爸爸，别再挂心上了。别难过！”

鲍勃和他们在一起很开心，高兴地和全家人说着话。他看了看桌上的针线活，称赞起克拉奇蒂太太和女孩们的手艺和速度。他说：“这些活儿星期天前几天就可以完成了。”

“星期天！你今天又去了，罗伯特？”他的妻子问道。

“是的，亲爱的。”鲍勃回答道，“真希望你今天也去了。看到那样翠绿的地方，你也会舒畅的，不过你以后会经常看到的。我答应他每逢星期天就会去那儿走走。我的可爱的小孩啊！”鲍勃哭了起来，“我的孩子啊！”

他突然失声痛哭，难以自抑。要是他能忍住的话，他和孩子间的距离或许要比现在远得多。

他离开这间屋子，朝楼上的房间走去，那儿灯光明亮，点缀着圣诞节的挂饰。一张椅子紧挨着孩子放着，房间里留下了不久前谁来过的痕迹。可怜的鲍勃坐了下来，他沉思了片刻，想让自己镇静下来，于是便亲吻了孩子的小脸颊。他终于能够接受已经发生的一切，便又相当高兴地下楼去了。

他们移到炉火旁，谈着话。母亲和女孩们继续手中的针线活。鲍勃跟大家谈到斯库里奇的外甥，说他非常善良，他与他只见过一次。鲍勃说："那天在街上遇到，他见我的样子有点……你懂得，有点情绪低落，便询问我发生了什么事让我这么悲伤。鉴于他是你曾听闻过的言辞最和蔼的绅士，我便告诉了他。'我衷心为此事感到遗憾，克拉奇蒂先生，'他说，'也衷心为你的好妻子感到难过。'顺便说一下，他怎么会知道那件事的呢，我真不明白。"

"知道什么，亲爱的？"

"嗯，你是个好妻子啊！"鲍勃回答道。

"大家都知道！"彼得说。

"说得好，我的孩子。"鲍勃喊道，"我真心希望他们是这样认为的。'衷心地难过，'他说，'为你的好妻子，如果有任何我能为你效劳的，'他说着就递给我一张名片，'那就是我的住址，敬请光临。'嗯，"鲍勃大声说，"这并不是因为他可能为我们做任何事，光是他那善良的态度，就相当令人愉悦了。这让人感觉他好像真的认识我们的小蒂姆似的，并且与我们感同身受。"

"我敢肯定他是个好心肠的人儿！"克拉奇蒂夫人说。

"你尽可百分百地确信，亲爱的，"鲍勃回应道，"要是你看见他且与之交谈过的话。你听我说，如果他帮彼得寻得一个更好的职位的话，我一点都不会感到惊奇。"

"彼得，你听听这话！"克拉奇蒂夫人说。

"到那时候，"一个女孩嚷道，"彼得就可以找个伙伴，一起自立门户了。"

"去你的！"彼得咧嘴笑着反驳。

"也不是没有可能，"鲍勃说道，"会有那么一天的，因为还有大量的时间去准备，我亲爱的。但是不管我们彼此怎样分开，何时分开，我相信我们谁也不会忘记可怜的小蒂姆的，或是忘记我们这头一次的分离。我们不会，是不是？”

“绝不会，爸爸！”他们异口同声地叫道。

“而且我知道，”鲍勃说，“我亲爱的家人们，我知道我们只要一想起他是多么温和，多么富有耐心，尽管他还只是个小孩子，我们之间就不会轻易争吵，不会忘了可怜的小蒂姆而争吵起来。”

“不会，绝对不会，爸爸！”他们再次一齐喊着。

“我很高兴，”小鲍勃说，“我非常高兴！”

克拉奇蒂夫人亲了他，女儿们亲了他，两位年幼的克拉奇蒂也分别亲了他一下，彼得和他握了握手。小蒂姆这个精灵啊，你孩子气的精华受赐于上帝啊！

“鬼灵，”斯库里奇说，“我有预感我们即将要分道扬镳了。我知道这一点，不过不清楚会以怎样的方式。请告诉我，我们刚看到的那个躺在床上的死人是谁？”

未来的圣诞节鬼灵引领着他，他觉得虽然与先前的时间顺序不一样（的确，后来见到的幻象似乎杂乱无章），不过全都属于“未来”。用之前一样的方式，鬼灵将他带到商人们经常度假聚会的地方，然而斯库里奇依然没看到自己。确实，鬼灵没打算逗留，而是径直向前，像是要到斯库里奇所期望的终点去，最后只因斯库里奇恳求，才停留了片刻。

“这块场地，”斯库里奇说，“我们现在匆忙经过的这块场地，就是我办公的地方，且有段历史了。我看到房子了。让我瞅瞅在将来的日子里，我会是什么样子吧。”

鬼灵停了下来，手却指向了其他地方。

“房子在那边，”斯库里奇叫嚷着，“你干嘛指别的地方？”

那只不屈不挠的手指依旧无动于衷。

斯库里奇快速赶到他事务所的窗口，向里看去。那依旧是间事务所，不过已经不是他的了。家具不是原来的，坐在椅子上的人也不是他自己。幽灵依然像之前那样指着。

他再次跟着幽灵向前，心中琢磨着自己为何不见了，又到底去了哪里。他伴着幽灵来到一扇铁门前。他停下来，四处望了望，然后才走了进去。

那是一片教堂墓地。那么，他此刻能够揭晓其姓名的那个可怜的人，就躺在这黄土之下了。这是个值得尊敬的地方。四周围着房屋，地上蔓生着青草和野草，这是植物的死亡，而非生命的成长①。这里埋葬了太多的人，塞得满满的，吃得饱饱的，养得肥肥的。这真是个值得尊敬的地方！

鬼灵站在座座碑墓之间，手指向其中一座。斯库里奇哆哆嗦嗦地朝那座坟墓走去。鬼灵完全是之前的样子，不过斯库里奇惧怕着会在它那威严的形象中发现新的意义。

"在我走近你所指的墓碑之前，"斯库里奇说，"先回答我一个问题。这些事物的幻影是必定会成真，还是仅仅可能会成真？"

鬼灵依然朝下指着它身旁的那座坟墓。

"人生因果报应不爽，有因必有果。假如坚持某种因，必然会到达某种果。"斯库里奇说道，"不过只要改变因，果就会改变。你说，你给我看的这些就是说明这般道理的吧。"

鬼灵还是像之前那样稳固不动。

斯库里奇颤抖着向那座墓碑爬去，顺着鬼灵手指的方向，在那座被忽视的墓石上，他读到了自己的名字——埃比尼泽·斯库里奇。

"难道躺在床上的那个人就是我？"他跪着喊道。

鬼灵的手指从墓碑移向他，继而又回到原处。

"不，鬼灵！啊，不，不！"

手指仍然未动。

① 这句意为：繁茂的青草和杂草使得其他植物都死去了。

"鬼灵!"斯库里奇紧抓着它的袍子大喊,"听我说!我不再是以前那个我了。要不是这次交流,我不会变成我本来应该是的样子(上帝希望他本来是仁慈欢乐的样子)。若是完全没了希望,为何让我看这些?"

那只手似乎第一次摇了一下。

"好鬼灵,"他趴在地上,扑在它面前,紧接着说,"请代我求求情,怜悯怜悯我吧。请你向我保证,我能改变你让我看到的这些幻象,用全新的生命改变它们!"

那只仁慈的手颤抖着。

"我会诚心赞颂圣诞节的,并且整年都颂扬它的精神。我会时刻记着'过去'、'现在'和'未来'。这三位鬼灵都将在我心中抗争着。我不会忘记它们给我的教训。哦,请告诉我,我能抹去墓碑上的字!"

垂死挣扎之中,他抓住了幽灵的手。它试图挣脱掉,可他苦苦哀求着,死死抓住。然而鬼灵的强大更胜一筹,它甩开了他。

他举起手,做最后的祈祷,希望命运能够改变。此时,他发现幽灵的兜帽和衣服发生了变化。它们开始收缩,坍塌下去,逐渐缩小成了一根床柱。

第五节

尾声

没错！这正是他自己的床柱，这张床是他自己的，这个房间也是他自己的。而对于斯库里奇来说，最幸福和最美好的莫过于，他拥有自己的时间来为自己赎罪。

“我会时刻记着‘过去’、‘现在’以及‘未来’！”斯库里奇爬下床来，嘴里重复着，“‘三位鬼灵’必定都会在我心里抗争的。哦，雅各布·马利！为此而赞美苍天和圣诞节吧！我是跪着说这句话的，老雅各布啊，我是跪着说的！”

他的内心充满了美好的愿望。他是如此激动，如此兴奋，以至于他那断断续续的嗓音几乎难以传达他的呼唤。之前与鬼灵发生冲突时，他曾哭泣得相当厉害，如今脸上还沾满着泪水。

“它们并没有被扯下来。”斯库里奇用双手收拢起一侧的床帘，大喊道，“它们并没有被扯下来，包括吊环以及其他所有东西。它们都还在，我也还在，那些本应发生的事情的影像，可能已经消除了。它们一定会消除的，我知道一定会的！”

他一边絮叨着，一边不停地摆弄着自己的衣服：一会儿把它们翻了过来，一会儿把它们倒过来穿，一会儿把它们撕碎，一会儿穿错地方，一会儿把它们设计成各式各样稀奇古怪的样子。

“我不知道如何是好！”斯库里奇大喊着，又是哭又是笑。他用长筒袜把自己绕成了一个完美的拉奥孔①雕像。“我像羽毛一样轻盈，我像天使一样快乐，我和学龄儿童一样开心，我像醉汉一样头昏目眩。恭祝大家圣诞节快乐！恭祝全世界人民新年快乐！哈喽，嘿呀！喔噢！哈喽！”

此刻他已蹦蹦跳跳地来到了起居室，站在那儿，气喘吁吁。

“那是用来煮粥的炖锅！”斯库里奇喊叫着，再次活动开来，蹦蹦跳跳地围着壁炉转圈。“还有那扇门，雅各布·马利的鬼魂就是从那扇门进来的！那是现在的圣诞节鬼灵曾坐过的角落！还有那扇窗户，我曾透过它看到了漫游的鬼灵！一切都没有错，一切都是真实的，一切都确实发生过。哈，哈，哈！”

说实话，对于一个许多年都未曾笑过的人来说，这是一阵灿烂的大笑，一阵最明亮的大笑，是一长串闪耀的笑声之父！

“我不知道今天是几号，”斯库里奇说，“我不清楚在几位鬼灵身边呆了多久，我什么都不知晓。我就是个婴儿。没关系，我不在乎。我宁可是个婴儿。哈喽！喔噢！哈喽！嘿呀！”

他欣喜若狂，却突然安静了下来，因为每一座教堂都敲响了他从未听过的最振奋人心的钟声。锵——锵，那是钟锤声；叮——咚，那是挂钟声！挂钟声，咚——叮；钟锤声，锵——锵！噢，太棒了，真是太棒了！

他奔向窗口，打开窗户，伸出脑袋。没有浓雾，没有雾霭。空气清新，天空明亮，气氛欢乐，氛围热闹，天气寒冷。真是冷啊，全身的血液都刺激着跟他舞动起来了。金灿灿的阳光，晴朗的天空，清新芳香的空气，悦耳的钟声。噢！太棒了，真是太棒了！

“今天是什么日子啊？”斯库里奇朝着楼下那位穿着礼拜服②的

---

① 据希腊神话，拉奥孔是特洛伊地方阿波罗的祭司，曾由于劝阻市民，不让敌人用以陷城的木马进城，而触怒雅典娜，结果，出自海中的两条巨蟒将他和他的儿子缠死。

② 礼拜天服装，指最好的衣服，人们常在礼拜天穿着到教堂去。

男孩大声问道，他或许只是闲逛着进来四处看看的。

“呃？”男孩满是疑惑，回应道。

“今天是什么日子，我的好朋友？”斯库里奇问道。

“今天吗？”男孩回答道，“怎么啦？今天是圣诞节啊！”

“今天是圣诞节！”斯库里奇对自己说道，“我没错过。鬼灵们用一夜的时间就完成了所有的事。它们能够按照自己的意愿做任何事情。它们当然可以。哈喽，我的好朋友！”

“哈喽！”男孩回应道。

“你知道从这儿过去第二条街道的拐角处，那家家禽店吗？”斯库里奇询问道。

“我想我应该知道。”小家伙回答说。

“真是个聪明的孩子！”斯库里奇夸奖道，“真是个了不起的孩子！你知道挂在那儿的特级火鸡卖掉了吗？不是那种小的特级火鸡，而是那只大的。”

“啊？是像我这么大的那只吗？”男孩回应道。

“多么讨人喜欢的孩子啊！”斯库里奇说道，“跟他说话真叫人高兴。是的，我的小少爷！”

“它这会儿还挂在那儿呢！”男孩回答说。

“是吗？”斯库里奇说，“你快去把它买下来。”

“少来了！”男孩嚷嚷着。

“真的，真的。”斯库里奇说道，“我是认真的。你快去把它买下来，然后请他们送到这里，我会告诉他们怎么送到要去的地方的。你要是把店里的人带回来，我就给你一先令；你要是能在五分钟之内把他带回来，我就给你半克朗。”

小男孩像子弹一样飞快地跑开了。一个人必须得稳稳地扣着扳机才可能射出一颗拥有这一半速度的子弹。

“我要把它送到鲍勃·克拉奇蒂家。”斯库里奇低声说道，他搓了搓双手，然后捧腹大笑起来，“不告诉他究竟是谁送的。这只火鸡有两个小蒂姆这么大。乔·米勒①都未曾开过一个玩笑，可笑程度甚至比得上把火鸡送到鲍勃家去这事。”

他写地址的那只手并非镇定自若，但不管怎样，他还是写出来了。他走下楼梯，打开了通往街道的大门，等待家禽店的伙计上门来。他站在那儿等待着伙计的到来时，那个门环引起了他的注意。

“只要我活着，我就要珍爱它。”斯库里奇用手轻轻拍了拍门环说道，“以前我几乎未曾看过它一眼，它脸上的表情是多么真诚啊！真是个奇妙的门环！——火鸡来啦！哈喽！喔噢！你好啊！圣诞节快乐！”

这才称得上是火鸡呀！这只大鸟肯定无法用双腿站立。它要是真站起来，不到一分钟必定就会把双腿弄折，就像折断两条封蜡②那样。

“喂，提着这东西到卡姆顿镇去是不可能的。”斯库里奇说道，“你得弄辆马车。”

他说这话的时候，咯咯地笑着；他付火鸡钱的时候，咯咯地笑着；他付马车费的时候，咯咯地笑着；他给小男孩报酬的时候，还是咯咯地笑着。这笑声只略微逊色于当他再次气喘吁吁坐回椅子时的笑声，他咯咯地笑着直到哭了起来。

剃胡子可不是件简单的事儿，因为他的手依旧颤抖个不停，而且剃胡子需要集中精力，即便你在剃胡子时没有手舞足蹈。不过，就算他把鼻尖给削掉了，他也会拿一片膏药粘在上面，并且对此相当满意。

他穿上了自己最好的那套衣服，终于出门来到了街上。此时，人

---

① 乔·米勒，即约瑟夫·米勒(1684—1738)，英国通俗滑稽演员。

② 用松脂和石蜡加颜料制成，加热即化，一般用以封信件和瓶口。

们就像潮水般蜂拥而来，正如当初他和现在的圣诞节鬼灵在一起时所看到的那样。斯库里奇反背着双手一路走着，对每一位路人都绽放着愉快的笑容。总之，他看起来是一副欣喜不已的样子，有那么三四个心情愉悦的家伙对他说道："早上好，先生！祝您圣诞节快乐！"后来斯库里奇常说，在他听到过的所有动听的声音当中，那些是最为优美的了。

没走多远，他就看到那个胖嘟嘟的绅士朝他走来。昨天那个绅士来过他的账房，还说过："我想，这儿是斯库里奇和马利商号吧？"一想到他们碰面时，这位老绅士会如何看待自己，斯库里奇的内心就隐隐有些刺痛，但他知道在他正前方是怎样一条路，于是他走上前去。

"我亲爱的先生，"斯库里奇说道，他加快脚步，握住了老绅士的双手，"你好啊！我希望你昨天圆满完成任务了。你是个善良的人。祝你圣诞节快乐，先生！"

"您是斯库里奇先生？"

"是的，"斯库里奇说，"这正是我的名字，但恐怕对你而言这个名字并不讨喜。允许我请求你的原谅。不知道你是否愿意费心——"说到这儿，斯库里奇对着他的耳朵窃声私语。

"上帝保佑我！"这位绅士大喊道，像是要断气了一般，"我亲爱的斯库里奇先生，您是认真的吗？"

"那是当然。"斯库里奇说，"一个子儿都不会少。我向你保证，里面还包括大量到期的账目。你愿意帮我这个忙吗？"

"我亲爱的先生，"对方握着他的手说道，"我都不知道说什么好了，您是如此慷慨——"

"什么都不要说啦，拜托了！"斯库里奇打断了他的话，"经常来看看我吧！你愿意来看看我吗？"

"我一定会来的！"这位老绅士喊道。很明显，他是真心要这么做的。

“谢谢你!”斯库里奇说,“我非常感激你!我衷心感谢你!祝福你!”

他去了教堂,然后在街上闲逛,看看来来往往步履匆匆的行人,拍拍小孩子的脑袋,问问乞丐们的生活,低头瞅瞅一家家的厨房,抬头瞧瞧一扇扇的窗户,他发现每一样事物都能给他带来快乐。他从未幻想过一次散步(或者任意一样东西)竟能够给他带来如此多的欢乐。这天下午,他踏上行程朝他外甥的家里走去。

他在门口徘徊了十几次,才有了走上前去敲门的勇气。他最终一鼓作气敲响了大门。

“请问你家主人在吗,我亲爱的姑娘?”斯库里奇向一位姑娘问道。一位很不错的姑娘!非常不错!

“在家呢,先生。”

“他在哪里呢,我可爱的姑娘?”斯库里奇说。

“他在饭厅里呢,先生,正和女主人一起。我领你上楼去,请吧。”

“谢谢你啦!他认识我的。”斯库里奇说着,手已经搭在饭厅的门把上了,“我就要去那里,我亲爱的姑娘。”

他轻轻地旋开了门把手,从门边侧着脑袋伸了进去。屋里的人们正围坐在桌子旁(桌子上摆满了丰盛的食物),因为这些年轻的主妇们对于这种事儿总是有些神经不安,她们喜欢看到一切都安排妥当。

“弗瑞德!”斯库里奇喊道。

哎哟我的老天啊!他的外甥媳妇是多么吃惊啊!斯库里奇忘了此刻她正坐在角落里,双脚还搁在脚凳上,否则不管怎样他都不会喊出口的。

“哎呀,上帝保佑!”弗瑞德大喊道,“那是谁啊?”

“是我,你的舅舅,斯库里奇啊!我是来赴晚宴的。我能进来吗,弗瑞德?”

让他进来，这还用说吗！他没有把手摇断就是幸事了。不到五分钟他就找到了在家的感觉。没有什么比这更亲切的了。他的外甥媳妇看起来是这样，托普尔走进来时也是一样，那位胖嘟嘟的妹妹走进来时也是如此。每一个人走进来时都是如此。精彩的派对，精彩的游戏，精彩的亲密无间，精彩的幸福啊！

不过第二天早上他很早就来到了事务所，噢，他很早就到了那里。他要是能第一个到达那儿，就可以抓住鲍勃·克拉奇蒂迟到啦！这就是他决心要做的事儿。

他果然做到了，没错，他真的做到了！时钟敲响了九点钟，鲍勃没到；又过了一刻钟，鲍勃还是没到。他整整迟到了十八分又半分钟。斯库里奇大开着房门坐着，在那里他可以看到鲍勃走进他的小房间。

在打开事务所的大门前，鲍勃先摘下了帽子，然后又解下了羊毛围巾。只是一眨眼工夫，他就坐上了凳子，开始奋笔疾书，好像要追赶已经逝去的九点钟。

“哈喽！”斯库里奇尽可能地装着用他最惯有的声音吼叫着，“你今天这个时候才到这里来，是什么意思啊？”

“我真的非常抱歉，先生，”鲍勃说道，“我迟到了。”

“你迟到了！”斯库里奇学着他说道，“是的，我认为你的确迟到了。先生，麻烦你到这里来一下。”

“一年仅仅这么一次，先生，”鲍勃从小房间走了出来，恳求道，“保证下次不会再犯了。我昨天玩得太过兴奋了，先生。”

“现在，让我来告诉你吧，我的朋友。”斯库里奇说，“我再也不要忍受类似的事情了。所以——”他从椅子上跳了起来，对准鲍勃的后背就那么戳了一下子，看他又跌跌撞撞地退回到小房间里去了，便又继续说道，“所以我决定给你加薪水！”

鲍勃微微颤抖着，缓缓靠近一把尺子。他脑海里闪过一个想法，就是用尺子把斯库里奇拍倒，抱住他，然后把院子里所有的人都喊来帮忙，还要带一件束身衣①过来。

“圣诞节快乐，鲍勃！”斯库里奇拍拍他的后背，带着不容置疑的真诚说道，“鲍勃，我的好伙伴，祝你有一个快乐的圣诞节，比这么多年我能给予你的更快乐！我要给你加薪水，并且尽我所能帮助你为之奋斗的家庭。就今天下午吧，鲍勃，让我们喝着圣诞节大杯的热气腾腾的香果子酒，一起商讨你的事情！把炉火烧得旺旺的，开始工作前，再去买一筐煤炭吧，鲍勃·克拉奇蒂！”

斯库里奇做的比他所说的还要好。他做到了每一条，而且还要多得多。小蒂姆也没有死，斯库里奇成了他的干爹。他变成了一个很好的朋友，一个善良的主人，一个出色的男人，优秀到这个古老的城市都从未有过，就算在这个古老美好的世界上其他任何一个古老的城市、乡镇或者自治区都从未有过。有些人看到他的改变觉得好笑，但是他就让他们笑去，并不去理睬他们。因为他足够聪明，他知道在这个世界上，没有什么东西在开始出现之时是不被某些人大声嘲笑的，永远是这样的；他也知道，不管怎样他们那样做总归是不理智的。他觉得，与不光彩的弊病相比，他们龇牙咧嘴笑得眯起眼睛同样是半斤八两。他自己在心里笑着，对他而言，这已经足够了。

他再也没有和鬼灵们②打过交道，而是从此以后遵循着“彻底戒酒原则”去生活。而且人们常常说道，要是有谁知道该怎样过好圣诞节，那就是他了，在世的人们都知道这一点。希望这句话对于我们，对于我们所有人都是真实之言！因此，正如小蒂姆所说的，愿上帝保佑我们，保佑每一个人！

---

① 一种金属制成的紧身衣，用以约束狂暴的疯人或犯人。

② 鬼灵们，原文 Spirits，也作“烈酒”解，后一句的“彻底戒酒原则”是双关语，既可以照字面意思理解，也暗含和鬼灵们断绝关系的意思。

狄更斯童话选

可怜的"狠角色"

乔是一个路口清洁工，负责清扫霍尔鲍姆的路口。他每天都在那里清扫淤泥，同时向过路的人们讨点钱。可怜的乔长相丑陋，他既不可爱也不爱干净。他衣衫褴褛，那身破衣服几乎不能为他御寒挡雨。他从未上过学，不会读也不会写，甚至连自己的名字也不会拼。他只有一个名字"乔"，那既是他的名，也是他的姓。

可怜的乔！他又丑又脏，且无知。但他知道一件事，那就是撒谎是不道德的。鉴于此，他总是讲真话。还有一种感觉，他也是相当熟知的，即饥饿的感觉，因为乔真的非常贫穷。他住在汤姆隆斯，整个伦敦最恐怖的地方。道路上都是厚厚的烂泥，那些难以入住的房屋都在逐渐破败甚至消失。乔记得，其中就有两间倒塌成了碎片。空气中充满了热病病菌。住在这个可怕的窝巢里的人们是伦敦穷苦人群中最可怜的。他们都衣不蔽体，肮脏不堪，饥肠辘辘。他们都认识乔，也很喜欢他，因为乔总是乐意为他们做点小差事，出于好心，帮点小忙。但他们都不会称呼他"乔"。

噢，亲爱的，当然不！在汤姆隆斯，没有人会被直接叫名字的，不管是姓氏，还是教父或教母赐予的教名——假设每个人都有个教父或教母。那里的女士先生们，虽然他们住在不时尚的地方，但他们有着自己的生活方式，正如住在伦敦西区大豪宅里的那些伟大人物一样。在这里，很流行的一个风俗便是给别人起绰号。因此，要是你在那里询问一个名叫"乔"的男孩，别人就会问你，你要找的是"胡萝卜”，还是“上校”？是“绞刑架”，还是“小凿子”？是“小猎狗”，或是“瘦子”，再不就是“砖头”？

乔一般被称作“狠种”，也有几位上流人士，为了显示他们的格调与高雅，会用一种高贵的语调，称他为“狠角色”。

乔总是说他没有朋友，但有个人除外。

那是一个寒冷的冬夜，乔在临近路口的一个门边瑟瑟发抖。这时，一个长着络腮胡子的深发男子在转弯时看见了他，然后便返身回来，与他交谈。

“你有朋友吗，孩子？”他开口便问。

“没有，从来没有。”

“我也是，一个都没有。拿着这个，晚安！”说着这些，那个衣衫褴褛、看上去很穷的男人将一些钱塞到乔的手里，这些钱够他吃顿晚饭，住一宿的。

从那之后，这个陌生人便常常过来和他说说话，给他点钱。乔相信，只要他有钱就一定会给自己。他没钱的时候，就只说一句“今天我也和你一样穷，乔”，然后离开。

一天，乔在路口被一个小吏抓走。他被带到了索尔堂，一个小法庭的公堂，靠近赞善里街道。公堂里，验尸官正在进行验尸，乔称之为“印尸报告”。

“这个男孩认识死者吗？”验尸官问道。

乔确实认识这个人，死者正是他唯一的朋友。

“他生前对我很好，真的很好。”这是可怜的乔唯一能说的。

第二天，人们将死者埋葬在附近的墓场内。墓场的两边都被房屋包围着，一道铁门间隔在墓场与那个阴森的法庭之间，但人们可以穿过法庭进入墓场。

那天夜里，一个无精打采的身影穿过法庭来到了铁门口，他双手紧握铁门，透过栏杆向里看去。他站着看了一会儿，然后便用一把旧笤帚轻轻地扫着台阶，让墓道干净一些。那是可怜的乔！透过门上的栅栏，乔又一次久久地凝视着墓地，然后离开了，嘴里自言自语道："他生前对我很好，真的很好。"

那天在法庭里，碰巧有一位好心的小个子男人，他叫斯纳斯比，是个文具销售商。他很同情乔，于是给了他半克朗。对斯纳斯比来说，半克朗便是他可以用来补救一切问题的方法。

唯一的朋友死了，乔非常悲痛。但更令他难过的是，他的朋友去世时，又贫穷又悲惨，身边无人关心。

葬礼后的几天，乔还是依靠着斯纳斯比先生施舍的半克朗过活，乔称之为"半张钞票"。这时，一个天大的好运气降临了。一天黄昏，乔站在他的路口，一个裹着面纱、穿着朴素的女士向他走来。

"你是乔吗？那天在法庭被询问的男孩？"她问道。

"正是我。"乔说。

"借一步说话，到法庭那里，我有话对你说。"

"什么，是关于那个死去的人吧？你认识他？"

"你竟敢问我认不认识他！"

"绝无冒犯之意，女士。"乔谦逊地说。

"闭嘴，听我说。带我去看看他住过的地方、去世的地方，以及下葬的地方。你在我前面走，千万别回头，我会付给你高报酬的。"

"乐意之至，"乔说道，"但你可别耍我，别吊我胃口。"

乔领她去了她想要看的每一个地方。在墓地时，乔注意到，女人一看到那个人埋葬的地方，就缩进了黑暗的角落里，像是要将自己掩藏起来。她脱下手套，乔看到她的手指上带着闪亮的戒指。她丢了一枚硬币到乔的手中，便走掉了。乔拿着硬币来到光线底下，他惊喜地发现，那是一枚一英镑的金币。他咬了一口，以此来确定那是否为真货，测试的结果让他很满意。为保安全，他把金币含在了舌头下面，然后便离开这里，前往汤姆隆斯。

但在那时，像乔这般地位卑微的人一生都很难兑换一枚金币，因为没人相信他们手中的金币是正当所得。因此可怜的乔从这枚金币上所得甚少，正如他后来对斯纳斯比先生所说的那样：

“在汤姆隆斯，我得先付五先令，之后他们才会帮我兑换这枚金币。后来，一个年轻人趁我睡着的时候，偷走了五先令，接着，一个小男孩又偷走了九便士，还有一个地痞，牵走了更多，几乎榨干了我。”

既然他唯一的朋友已经去世了，那么乔在这个世界上又是独自一人了。他那位可怜的朋友也只有两人前来吊唁，一个是清扫路口的乔，另外一个就是之前去墓地的女士。

乔前来哀悼，是因为他是他唯一的朋友；而那位女士，她来哀悼这个可怜的男人，是因为许多年前，他们年轻时，她曾深深地爱过他。

时间流逝，乔遇上了更大的麻烦。警察将他从他的路口赶走了，而且不管他们在何处碰到他，都会命令他离开。这对可怜的乔来说，实在是太困难了。因为他不知道离开这个路口，他将如何维生。所以他经常壮着胆子又回到路口，直到警察再一次将他赶走。有一次，一个警察发现乔压根没动，立刻火冒三丈，扭着他的胳膊，将他拖到了斯纳斯比先生那里。

“出什么事了，警官？”斯纳斯比先生问道。

“正如我所知道的那样，这家伙就是个最顽固的骗子。虽然我已经反复警告过他了，但他还是不肯挪走。”

“我一直在挪地方，”乔大吼着，“噢，我的天，我该挪到哪里去？”

“我的命令不是要你挪到哪里去，”警察说，“我的命令是要你一直不停地换地方。先生，现在问你个简单的问题，”他转向了斯纳斯比先生，“你到底认不认识他？他说你认识他。”

“没错，我认识他。”

“那很好，我就把他留在你这里，但你要记得提醒他一直不停地挪地方。”

警察离开了，将乔留在了斯纳斯比先生这里。那天晚上，这里举行了一个小小的茶话会。其中有个肥胖的客人，满脸油光，人们称他查德邦德，是个新教牧师。在享用了大量的美食之后(享用的食物的量远大于对他身体有益的程度)，他决定趁此机会，给乔上一课。对乔来说，这一课冗长又沉闷，结束时，他唯一记得的布道内容就是一行对句——

"啊，奔腾的溪流伴随着闪耀的喜悦，化身成翱翔的人子。"

他记得更清楚的是，那个大汗淋漓的查德邦德先生，总算在结束的时候允许他离开了。斯纳斯比先生跟着他到了门口，往他的手里塞满了刚刚楼上茶话会上剩下的美食。

现在，乔发现自己的生活越发艰难困苦了。他完全失去了他的路口，从一个地方搬到另一个地方，日复一日。他越来越饥饿，越来越消瘦。最后，即便他是个"狠角色"，汤姆隆斯污秽的空气也开始让他染上了疾病。他的喉咙开始变干，脸颊烧得通红，还有他的小脑袋，疼得让他哭了起来。这时他突然想起曾经帮助过的一个可怜女人，一个砖瓦匠的妻子。她告诉过他，她住在圣奥尔本斯，而且那里有个女士对她很好。"或许，她也会对我好的。"乔这样想着，然后便动身去了圣奥尔本斯。

一个星期六的晚上，乔到达了那个城镇。此时，他非常疲倦，病得严重。值得高兴的是，他碰上了那个砖瓦匠的妻子，被带到了她的小屋。他在那休息的时候，一个女人进来了。

那个女人在床边坐下，亲切地问他哪里不舒服。

"我一会儿冻得发抖，一会儿热得难受，然后又发冷，接着又发热。一个小时里，会反反复复好多次。我的脑袋昏昏欲睡，像在打转一样，而且我好渴，身上每块骨头都在痛。"

"你要去哪里?"

"随便哪里，"乔回答道，"我必须不停地换地方。"

"好吧，但今晚你必须跟我走，我会让你舒服一些的。"于是乔跟着这位女士来到了附近的一所大房子里。在那里一个温暖的小阁楼上,他们为他准备了一张床,给他送来了诱人的有益健康的食物。每一个人都对他很友善,甚至有仆人称他为“老伙计”,并且告诉他很快就会康复的。乔真的感到很幸福,一时间,他都忘记了自己的疼痛和寒热。但在这儿发生了一些事情吓到了乔,让他觉得不能再呆在这里了,于是他冲进了寒冷的夜色中。但到底去了哪里他自己也记不清了,当他再次清醒过来时,他发现自己已经躺在医院了。他在医院住了好几周,最终还是被赶了出来,虽然那时他依旧病得厉害。他现在极其瘦弱,就算是呼吸一口气,他的胸口都会非常疼。“每次呼吸就像拉大车。”乔说。

一天早晨,一个对穷人非常友善的年轻医生走过汤姆隆斯。他看到一个衣衫褴褛的身影走过来,然后蜷缩在肮脏的墙壁下。这个身影缩成一团,身上裹着不成形的衣服。那就是乔。年轻医生对他产生了同情。“跟我来,”医生说,“我会给你找个更好的地方呆着的。”之所以这样说,是因为他发现这家伙已经病入膏肓了。于是乔被带到了一间干净的小房间,洗了澡,换上了干净的衣物,吃到了好吃的东西,身边又有了好心人。但是他实在病得太厉害、太严重了,这一切对他已经没有意义了。

“就让我在这儿静静地躺着吧,”可怜的乔说,“如果你们哪位好心人路过我之前扫路口的地方,那就麻烦帮我向斯纳斯比先生转告一声,告诉他,他以前认识的那个乔,一直在挪地方。”

有一天,那个年轻医生坐在乔的身边,突然乔很努力地想要爬下床。

“别动,乔。你现在要去哪?”

“该是我去墓场的时候了。”

“什么墓场,乔?”

“那里躺着一个曾经对我很好的人。他真的对我很好。现在该是我去那个墓场的时候了,先生,我请求您将我埋葬在他身边。我想要埋在那儿。他曾经对我说过：‘我今天和你一样穷，乔。’现在我想跟他说，我和他一样穷了，而且我想和他在一起。”

“睡吧，乔，睡吧。”

“啊，如果我只身前往的话，可能他们会不愿意。但是您愿意保证将我带到那里，然后与他葬在一起吗？”

“我肯定会的。”

“谢谢您，先生！那儿有个台阶，我曾用我的笤帚扫过。天色变得很黑了，先生，这儿有灯吗？”

“很快就来了，乔。”

接着是一阵沉默。

“乔，我可怜的小家伙！”

“我能听见您，先生，在黑暗中。”

“乔，你能跟着我说吗？”

“我会一字一句地跟着您的，先生，因为我知道那肯定都是好话。”

“我们的天父。”

“我们的天父——是的，这句话很好，先生。”

“在天堂。”

“在天堂。灯拿来了吗，先生？”

“就在手边。愿你的名被尊为圣。”

“愿你的名……”

灯拿来了。噢，是的，光明①终于到来了，因为乔已经死了！

---

① 原文用 light 一词来表示“灯”和“光明”，一语双关。

“快腿”维克

对于一个老人来说，“快腿”似乎是个奇怪的头衔，但它却被赐给了托比·维克，因为他总是一路小跑着去处理他的差事。他是一个有执照的搬运工，或者也可以称为信差，他的工作就是为那些嫌邮寄太慢的人们传递信件。那时候，邮政服务可不像现在这般便宜和快捷。他赚得并不多，而且必须风雨无阻整天在外奔波。但是托比始终保持着良好的心态，凡事都关注其阳光的一面，并且对每次遇到的小恩惠都心存感激，所以他比很多衣食无忧、生活安逸的人们更加快乐。而他最大的快乐则来源于他最疼爱的女儿，那个活泼美丽并且深爱着他的梅格。

那是新年前夕某个寒冷的白天，托比已经在教堂前呆了好久，在那个他经常呆着的地方，等待着工作。他来回溜达着，尽可能使自己暖和一些。教堂的钟敲响了十二点，托比开始担忧起午餐了。

“没有什么，”他默念着，并仔细摸了摸自己的鼻子，以确保它还在那儿，“比午餐时间来得更准时，也没有什么比午餐来得更不准时了。这就是它们之间的巨大差异。”他一边自言自语，一边继续上上下下来回小跑着，并未留意到有人正在向他靠近。

“嗨，父亲，父亲。”悦耳的声音传来。托比一转过身，就看到了他女儿那甜美、明亮的眼睛。

“嗨，宝贝，”他吻了她一下，用双手捧着她花儿般的脸颊，说道，“梅格，怎么啦？我没想到今天你会过来。”

“父亲，我也没打算要过来，”梅格点了点头，微笑着说道，“但此刻我来了！而且我还不是空手来的！”

“额，你该不是说你……”“快腿”仔细打量了她一番，好奇地盯着她带来的那只被盖住的篮子。

“亲爱的父亲，你闻闻，”梅格说道，“只许闻闻哦！”

“快腿”立马就要去掀盖子，却被她用手挡住了。

“不，不，不行！”梅格狡黠地说道，“离它远一些。我只掀起一个小角，只是一点哦，很小的一个角，你懂的。”梅格一边说道，一边温和地看着父亲。她说话的声音很轻，好像害怕会被篮子里的东西偷听了去。“好了，现在，猜猜那是什么？”

托比尽可能靠近篮子的边缘嗅了嗅，随后便兴高采烈地大喊起来。

“哇，还是热的。”他说道。

但让梅格极为高兴的是，父亲并没有猜出到底是什么闻起来如此之香。

“香肠？猪蹄？猪肝？猪爪？腊肠？”他猜了一次又一次，最后，他得意洋洋地宣布说，“哈！我猜到了，是牛肚！”

篮子里确实装了牛肚。

“那么，”梅格说道，“父亲，我马上来铺桌布。我用盆子把牛肚装了起来，然后又用小手帕包着盆子带了过来。如果这次我想弄得正式些，把小手帕铺开当作桌布的话，应该不会有人阻止我吧，父亲？”

“亲爱的，我想不会的，”托比说道，“但他们总会提出些新的法律之类的。”

“父亲，前几天我在报纸上看到，根据法官所说，你知道的，我们穷人应该熟知所有的法律。哈，哈！这是多么荒谬啊！我的天啊，他们以为我们是有多聪明啊，竟然要熟知所有的法律！”

“没错，我亲爱的，”托比大声说道，“要是我们中有人确实熟知这些法律，他们肯定会非常喜欢的。那个人会因为那份工作而变得富有，并且在附近的上流社会中享有名气。极有可能会这样！”

“如果他的菜肴闻起来也像我的这般美味，那不管是谁，他的晚餐一定会让人产生强烈的食欲。”梅格高兴地说着，“赶紧的，旁边有个热土豆，瓶子里还有半品脱新酿的啤酒。你想在哪里就餐，爸爸？边走边吃还是坐在台阶上？亲爱的，亲爱的，我们真奢侈啊！竟然有两个地方可以选择！”

“今天就坐在台阶上吧，我亲爱的宝贝，”托比说道，“天气好就坐在台阶上，天气潮湿就边走边吃。在台阶上更方便一些，因为可以坐着，可在潮湿的天气里容易引起风湿病。”

“那么，就这里吧。”一番忙碌之后，梅格拍了拍手，说道，“全部搞定！瞧，多好看啊！快来，父亲，快过来！”

正当托比要在身旁这所大宅子旁的台阶上坐下来享用他的午餐时，钟声再一次响起，托比摘下帽子，说道：“阿门。”

“你是在对钟声说阿门吗，父亲？”

“它们的突然造访就像是在给我们赐福一样，我的宝贝。”“快腿”说道，“我坚信它们总是尽量在说好话，而且它们对我说的大多都是好话。我已经不止一次听到钟声在喊：‘托比·维克，要始终保持一颗善心啊，托比！’绝对超过上百万次了！”

“好吧，但我从来没听到过！”梅格笑道。

“很不走运的时候，钟声就变成‘托比·维克，托比·维克，就要有活干啦，托比’。”

“然后，终于有活干了，父亲。”梅格欢快的话语中带着一丝心酸。

“是的，”托比答道，“从没让我失望过。”

托比一边忙着交谈，一边不停地享用身前美味可口的肉。他切一块肉，然后吃掉；又切一块肉，喝口酒；再切一块肉，慢慢咀嚼。他吃一口牛肚，然后吃一口滚烫的土豆，随后又吃了一口牛肚，一脸陶醉。但他始终关注着街道四周，以防有人出现在门前或窗口打招呼，表明他们需要搬运工。当他再一次收回目光，看到梅格就坐在他的对面，交叉着手臂，正盯着他就餐，脸上洋溢着幸福的微笑。

“哦，请上帝原谅我！”托比丢下刀叉说道，“我的宝贝！梅格！为何不告诉我我竟然如此粗鲁？”

“父亲！”

“坐这儿来，”“快腿”有些伤心地说道，“我只顾狼吞虎咽地塞饱自己了，可是你恐怕连早餐都没吃，也没想过吃，看我吃的时候——”

“我吃过了，父亲。”他的女儿插了一句，微笑着说，“真的，我已经吃过饭了。”

“胡说，”“快腿”说道，“一天吃两顿饭！绝对不可能！你还不如告诉我两个新年会同时到来，或者说我拥有一个精明的头脑，无可替代。”

“无论如何，父亲，我真的已经吃过了。”梅格凑到他耳边说道，“如果你继续用餐，我就告诉你我是如何以及在哪里吃的午饭，还有你的午餐是怎么来的，还有其他的一些事情。”

尽管托比还是难以相信她的话，但她那双诚挚的眼睛就那么看着他，她的手放在他的肩膀上，示意他趁肉还热的时候继续吃。于是“快腿”再一次拿起他的刀叉继续他的午餐，但是要比之前慢得多，一边吃还一边晃着脑袋，似乎对自己很是不满。

“我真的已经吃过了，父亲，”犹豫了片刻，梅格说道，“和……和理查德一起吃的。他午饭吃得比较早，他是带着午餐来看我的，我们……我们一起吃的午餐，父亲。”

“快腿”夹了一块牛肉，直接塞进嘴里，然后说了声“噢”，因为她在等着他的回应。

“而且理查德说，父亲……”梅格继续说道，随后又停了下来。

“理查德说啥了,梅格?”托比问道。

“理查德说,父亲……”梅格欲言又止。

“你已经说了好多遍理查德了。”托比说道。

“他说……好吧,父亲,”梅格最终抬起头,虽然声音有些颤抖,但是很清晰地继续说道,“又是一年要过去了,一年又一年地等下去也不是个事儿,而且以后也未必会比我们现在这样更好。他说我们现在很穷,父亲,到那时我们依旧会很穷。我们现在还年轻,但时光会让我们在不知不觉中老去。他说如果我们非要等到看到曙光的那一天,对于像我们这样的穷人来说,那只能是一条通向坟墓的窄道,父亲。”

有个比“快腿”维克更粗犷的男人偏要利用自己的胆量来否认托比的观点。“快腿”维克控制住了脾气,没有爆发。

“慢慢变老,走向死亡,这是多么辛苦的一件事,父亲。你想一下,或许我们可以很开心地走过,互帮互助!在我们的一生中,虽然彼此相爱,却只能彼此分离,一起悲伤,默默地看着对方工作、改变、慢慢变老,这是多么残忍的一件事!或许我能过上更好的日子,然后忘记他(我永远都不会的)。噢,亲爱的父亲,我的心里此刻满满的都是他,可我却只能一天天地慢慢耗尽我生命之源中的每一滴,生命中没有任何一个幸福时刻,能让我甘心留下,安慰我,让我过得更好,这是多么痛苦的一件事!”

“快腿”依旧一动不动地坐着。梅格擦干眼泪,说得更加欢快了,也就是说,一会儿哭泣,一会儿欢笑,抑或是又哭又笑:

“所以理查德说,父亲,既然他昨天已经确定过段时间就会有工作了,而且我爱他,爱了他整整三年。啊,如果他记得的话,应该比三年更久一点!我可以在新年那天嫁给他吗?”

就在此时,理查德亲自前来劝说托比同意他们的计划。几乎同时,一名男仆从屋子里走了出来,喝令他们离开台阶。随后一名绅士喊住了“快腿”,向他询问了许多问题,而且还挑出了他一堆的错误。

他告诉理查德，想要结婚这个想法简直愚蠢极了。这使得托比感到很不开心，也让理查德十分生气。于是这对恋人伤心地离开了，离开时，理查德一脸的悲伤和沮丧，梅格也是眼含泪水。托比此时接到了一份六便士的送信的差事，他一路相当沮丧地小跑着来到了一所豪华的宅子，他被要求将信送给这里的一位绅士。当他在等待回信时，他听到了信的内容。这封信是阿尔德曼·库特写给约瑟夫·鲍莱阁下的，说的是他有一个名叫威尔·弗恩的佃户到伦敦来碰运气找工作，却因为在车棚里过夜被指控了，他想询问约瑟夫阁下，是希望他从宽处理还是依法严办。让托比感到极为失望的是，虽然约瑟夫阁下一再申明要善待穷人，但他给阿尔德曼·库特的回复却是将威尔·弗恩作为流浪者送进监狱，以儆效尤，即便他唯一的过错只是贫穷。在回家的路上，托比耷拉着帽子，悲伤地思考着，迎面撞上了一个乡下人打扮的男子，男子的身边还带着一个金发小女孩。托比焦急地询问他是否撞了他们。那个男子说没有，而且很是和善地看着托比，向他询问阿尔德曼·库特家该怎么走。

“不会这么巧吧！”托比惊呼道，“莫非您就是威尔·弗恩？”

“正是。”男子回答说。

托比随即将自己所听到的内容告诉了威尔，并对他说道：“千万别去那里。”

可怜的威尔告诉托比他在乡下如何难以维持生计，因此才带着已经失去双亲的侄女来到伦敦投奔她母亲的一个朋友的，希望能够找些活干。向托比送完新年祝福后，威尔步履沉重，想要离开。这时托比一把抓住了他的手臂，说道：

“留下来吧！如果让我看着你和孩子到处流浪，没有栖身之所，这个春节我是不会快乐的。跟我回家吧！我是个穷人，住在一个穷困的地方，但是我可以给你提供一个住宿的地方，这样我也就不会遗憾了。跟我回家吧！这里！我会带着她！”“快腿”一边嚷嚷着，一边抱起了孩子。“多漂亮的孩子啊！我曾经扛着她这样分量的东西二十多次就像没事一样。如果我走得太快就告诉我，我可是很快的哦！一直都是！”“快腿”说着这些，步伐加快到他那疲劳的伙伴的六倍，他瘦长的双腿因为负重再一次颤抖起来。

“哎呀，她真轻啊！”“快腿”说道，语速和他的步伐一样快——因为不想给威尔道谢的机会，所以他一刻都不愿停下——“就像羽毛一样轻盈。比孔雀的羽毛都要轻，要轻得多。我们已经到啦，这就是我们要来的地方！”说完就走进了屋子，他把小姑娘放下来，送到了梅格身前。小姑娘看到梅格甜美的容颜，立马扑进了她的怀中。而“快腿”则在房间里转悠着说道：“我们已经到了，这就是我们要来的地方。快过来，威尔大叔，到火炉边来。梅格，我最亲爱的宝贝，水壶在哪里啊？哦，在这里呢，我这就烧水，水很快就会开的。”

“嗯，父亲！”梅格一边说着，一边在小孩面前跪坐下来，帮她脱掉潮湿的鞋子，“我觉得您今晚有点兴奋。我不知道对此教堂的钟声会说什么。可怜的小脚，它们肯定冻坏了吧！”

“噢，现在它们暖和多了！”小女孩大声嚷嚷道，“它们现在暖和着呢！”

“不，不，不，”梅格说道，“它们还远远没有被搓够呢。我们可真忙啊，等把脚丫搓暖和了，我们再来梳理一下这些潮湿的头发，之后呢，我们就用干净的水给这张苍白的小脸带来些好看的颜色。等这一切都搞定了，我们就会很快乐很活泼很开心了！”

小姑娘搂住梅格的脖子，呜咽着说道：“哦，梅格，哦，亲爱的梅格！”

“天哪！”不一会儿梅格说道，“父亲一定是兴奋过头了！他把小姑娘的帽子盖在了水壶上，却把水壶盖挂在了门背后。”

“快腿”急忙把帽子和水壶盖换了位置，然后动身去找些茶叶和薄片熏肉，他觉得他曾看到它们挂在楼梯的某个地方。

他很快就回来了，并且煮好了茶水。没多久，他们就一起享用了晚餐。“快腿”和梅格只是做做样子吃了一点点(因为他们只有很少的食物，不够所有人吃的)，但是看到他们的客人能够饱餐一顿就是他们最大的乐趣，他们感到很开心。尽管“快腿”注意到，就在他们刚进门时，梅格还正在火炉旁边哭泣，她还担心自己的婚事已经泡汤了。

茶点过后，梅格去哄莉莉安睡觉了，托比则把威尔带到了安歇的地方。当他安顿好威尔回来经过梅格的房门时，他听到小姑娘正在祷告，祷告的内容是铭记梅格的姓名以及询问托比的姓名。随后托比就回到火炉旁坐下，开始看他的报纸，没多久就睡着了，并做了一个奇怪的梦。梦让他又恐怖又伤心，直到他醒来才缓过神来。他看到梅格就坐在他的身旁，正在给一件简单的礼服添些缎带装饰，那是为婚礼而准备的。她看上去是那么的快乐、年轻、神采飞扬。他跳起身来把她紧紧搂在了怀里。

但很快就有人冲了过来插到他们中间，大喊道：“不行，就算是你也不行，梅格新年的第一个吻是属于我的，梅格。我最珍贵的宝贝，新年快乐！要一辈子都快乐，我亲爱的妻子！”

随后莉莉安和威尔也走了进来。伴随着乐队的音乐，一大群邻居也涌进了屋子，大喊道：“新年快乐，梅格。”“新婚快乐！”鼓手上前一步说道：“‘快腿’维克，听说你的女儿明天就要结婚了，每一个认识你们俩的人都想为你们送上新年的祝福。所以我们都来了，奏着乐器跳着舞就进来了。”紧接着，齐肯斯托克太太也走了进来(一个很幽默、标致的女子，让人感到高兴的是她正是威尔·弗恩前来寻找的人，也就是莉莉安母亲的朋友)，她带来满满一陶罐的甜酒向梅格祝福。音乐响了起来，“快腿”邀请齐肯斯托克太太加入到跳舞的行列，还有梅格和理查德这对新婚夫妇。托比的舞步从未有人见过，但是很容易让人想起他送邮件时那独特的小步跑。

墓地冒险

小菲利普·皮利普，通常又被称作皮普，他对他的父母以及五个兄弟的了解都来自于教堂墓地里他们的墓碑。他是由姐姐抚养长大的，姐姐比他大了二十岁。她嫁给了一个名叫乔·葛吉瑞的铁匠，一个善良的老实人。但很不幸的是，皮普的姐姐却是一个冷酷、严厉的女人，她对自己的小弟以及她那善良的丈夫都很无情。他们就住在农村的一片湿地旁，离海边大概二十英里。

那是一个冰冷刺骨的傍晚，六岁的小皮普溜进了教堂墓地，他努力尝试着辨别家族墓碑上他所认识的文字。当夜幕降临，小皮普感到又孤单又害怕，就哭了起来。

“吵什么！”一个恐怖的声音传来。墓碑林中突然出现了一个男人，向他走了过来，“闭上你的嘴，小鬼，否则我就割断你的喉咙！”

他长得面目狰狞，身穿一套粗糙的灰色衣服，腿上还绑着笨重的铁链。他浑身湿透，沾满了泥土，一副凄惨的模样。他一路蹒跚前行，打着哆嗦，瞪着小皮普，向他咆哮，牙齿还咯咯作响。他一把抓住了小皮普的下巴。

“呜！请不要割断我的喉咙，先生！”小皮普害怕地哭道，“求你不要那样做，先生。”

“告诉我你叫什么名字！”男人吼道，“速度！”

“我叫皮普，先生。”

“再说一遍，”男人盯着他说道，“说清楚点！”

"皮普，我叫皮普，先生。"

"告诉我你住哪里，"男人说道，"指给我看。"

皮普指向了一个小村庄，离教堂一英里左右。

男人盯着小皮普看了片刻，然后把他倒着拎了起来，清空了他的口袋。口袋里除了一片面包之外什么都没有。男人拿起面包就狼吞虎咽起来。

"你这狗崽子，"男人舔了舔嘴唇，"多么肥嫩的脸颊啊！该死的，要不是我还有理智，真想吃了它！"

小皮普急忙说希望他不要那样做。

"现在，看着我，"男人说道，"你妈妈在哪里？"

"就在那里。"皮普说道。

男人听了吓了一跳，拔腿就想跑，但很快就停了下来并且回头看了看。

"是在那里，先生。"小皮普指着墓碑，向他解释道。

"噢，那你爸爸和你妈妈住在一起？"

"是的，先生。"小皮普答道。

"哈！"男人喃喃自语道，"那你和谁一起生活呢？假如我好心让你活下去——不过我还没有下定决心呢。"

"我的姐姐，先生，乔·葛吉瑞太太，铁匠乔·葛吉瑞的妻子，先生。"

"铁匠，嗯？"男人说完低头看了看自己的大腿，随后抓住了正瑟瑟发抖的小皮普的双臂，死死地盯着他，说道：

"现在，看着我，现在的问题是你想不想活下去。你知道什么是锉刀吗？"

"我知道，先生。"

"那你知道什么是食物吗？"

"我知道，先生。"

"你给我拿一把锉刀来，还有一些食物。你把它们一起带来。"说这些话的时候，他把可怜的小皮普往后推着，小皮普害怕极了，有些头昏目眩，因此用双手紧紧抓住了男人。

"明天一早你就把锉刀和食物给我带来。做的时候不得泄露半句，也不可露出痕迹让人察觉你见过我或者别的什么人，你要是做到了我就让你活下去。"然后他又威胁可怜的小皮普，要是他没能完成他所命令的事，将会发生多么恐怖和可怕的事情。他让小皮普郑重地保证会带给他所需要的东西，并且会对此保密，然后就让小皮普走了。临走还对他说道："记住你所承诺过的。现在你可以回家了。"

"晚——晚安，先生。"小皮普支支吾吾地说道。

"别说了！"男人扫了一眼冰冷潮湿的沼泽地，"真希望我是一只青蛙或是一条鳗鱼！"

小皮普一口气跑回了家里。乔正坐在烟囱旁，他告诉小皮普，乔太太已经出去找他了，手里还拿着那根"长记性"。所谓的"长记性"就是一根藤条，一听到这个消息，小皮普的情绪就很低落。

就在这时，乔太太回来了，给了小皮普一顿"长记性"。然后，她坐了下来，准备了茶水，切了一大片面包，还配好了黄油，她给乔和小皮普每人一半。过了一会儿，小皮普成功地让面包滑进了他的裤管。乔以为他已经把面包都吞下去了，吓了一跳，连忙劝他不要那样囫囵吞枣。"皮普，老伙计，你会噎着的。它会卡在那里的，你根本就没有嚼碎，皮普。你知道的，皮普，我们一直是朋友，我绝对不会告诉别人的，但这样——这样吞东西实在太不同寻常了。"

"他把食物都吞完了，对吗？"乔太太大喊道。

"你知道的，老伙计，"乔说道，"像你这么大的时候，我也经常吞东西，我身边许多男孩也吞东西，但我从未见过像你这样吞东西的，皮普，你没有被噎死真是万幸啊。"

乔太太冲到小皮普面前，抓着他的头发把他拖了出去："你过来吃药。”

今晚是平安夜，从七点到八点小皮普都在搅拌布丁，他还胆战心惊地用自己的方式弄了些面包和黄油。最后他溜了出去，然后把它们藏在了自己的小房间里。

想着自己许下的那些恐怖的承诺，可怜的小皮普度过了一个艰难的夜晚。外面的天刚有些亮，他就起床滑下楼梯，台阶嘎吱嘎吱地响着，好像在说：“抓小偷！”“快起床，乔太太！”

小皮普飞快地取了几片面包、几块奶酪和半罐子肉酱，然后用手帕把它们和其他一些东西一起包了起来。里面有几片涂了黄油的面包，一些从石酒坛里舀出来的白兰地，一根还带着些碎肉的肉骨头，以及一个他从架子上找到的猪肉馅饼。随后他又在乔的工具堆里找到了锉刀，然后就奔向了沼泽地。

这是个雾蒙蒙的早晨，小皮普觉得所有的牛都在盯着他，好像在说：“哈喽，小贼！”其中一头黑色公牛让小皮普想起了牧师，它脖子上像是戴着白色的领带，正一脸谴责地看着他。小皮普哇得一声就哭了：“我也没办法啊，先生！这不是我为自己拿的！”

听到这些，公牛低下了脑袋，鼻子里呼出一团雾气，抬起后腿，甩了甩尾巴，然后就离开了。

小皮普很快就来到了相约的地点，那个男人已经在那里了。他双手环抱在胸前，来来回回地蹒跚着，就好像一整晚都紧紧抱着双臂不停地踱行似的。很明显，他实在是太冷了。小皮普希望看到他脸朝地倒下然后冻死。那个男人的眼神看起来也是如此的饥饿，以至于小皮普将锉刀递给男人时脑海中闪过一个念头，如果男人没有看到包裹，那他可能会把锉刀给吃掉。这一次，他没有为了搜小皮普携带的东西而把他倒着拎起来，只是在打开包裹和清空口袋时，让他在一旁待着。

“瓶子里装了什么，小男孩？”男人问道。

“白兰地。”小皮普答道。

他已经用最为奇特的方式吞下了那个猪肉馅饼，像是有人匆匆将肉饼藏在了某个地方而不是将它吞掉了。他停了下来想喝些酒，但身子始终猛烈地颤抖着，只能勉强保证将酒瓶脖子放在嘴里。

“我觉得你已经受凉了。”小皮普说道。

“我也这么认为，小男孩。”男人答道。

“这里环境太差了。你整天都躺在露天沼泽地，这对于感冒、风湿病来说是很不利的。”

“我要在临死之前吃完我的早饭，”男人说道，“我一定要吃饱，即便在这之后我就被送去接受绞刑了。我肯定不会再因害怕而颤抖了，我敢打赌。”

他立马狼吞虎咽地吃起肉酱、肉骨头、面包、奶酪以及猪肉馅饼来，吃的时候还有些不相信似的环视着周围的雾霭，他还会时不时停下来，甚至停下自己的嘴巴来聆听，聆听一些真实的或虚构的声音，包括河流的叮咚声，沼泽地上野兽的呼吸声。他突然停下来说道：

“你是个诚实的孩子，你没有带别人来吧？”

“没有，先生！真没有！”

“也没有让任何人跟着你来吧？”

“没有！”

“很好，”男人说道，“我相信你。”

男人的喉咙里发出了咔哒声，就好像他的体内装了一台闹钟，正要鸣响似的。他连忙用他那破烂不堪、粗糙的袖口擦拭了一下眼睛。

感受到了男人的忧伤，看着他慢慢安定下来开始吃馅饼，小皮普鼓起勇气说道：“我很高兴你喜欢吃这些。”

“你在对我说话？”

“我说我很高兴你喜欢吃这些。”

“谢谢你，孩子，我的确喜欢。”

小皮普经常看着大狗吃他的食物，此刻他看到这个男人吃东西的方式与大狗是那么相似。男人就像大狗一样，猛烈地、急剧地、快速地撕咬着食物。他吞咽着，或者说是匆匆塞下食物，每一口都是那么匆忙，那么快速，吃的时候还左右瞅瞅，好似担心有人会突然出现抢走他的馅饼。小皮普觉得，他脑袋里有太多的怀疑，以至于无法安逸地享受食物，如果有人造访和他一起就餐，他会不嚼碎直接就把食物吞下去。以上种种细节都说明他和大狗一样。

他开始尝试锉断腿上的铁链。这时，小皮普担心离家时间太久会引起怀疑，就跑开了。

整个早上，小皮普都提心吊胆的，每分每秒都在担心猪肉馅饼的消失会被发现。但乔太太一直在忙着准备晚餐。因为晚上就餐的都是些贵客，所以她想准备一顿丰盛的晚餐，有腌猪腿、绿叶蔬菜、一对八宝烤鸭、肉酱馅饼以及布丁。

就在晚餐快结束的时候，小皮普觉得被发现的时刻要到了，因为他姐姐很礼貌地对客人说道：

“你们一定要尝一下我做的最可爱最美味的食物——馅饼，美味的猪肉馅饼。”

小皮普再也呆不下去了，就向门口冲去，正好一头撞上了一队背着步枪的士兵，其中一个还朝他伸出一副手铐，说道：“我们到了，快点，进来。”但他们不是来抓小皮普的，而是来找乔修理手铐的，因为他们正在搜捕两个可能躲在沼泽地的逃犯。这让乔太太的注意力从馅饼消失那件事上转移开了，馅饼的消失一度让她极为惊讶。手铐修好后，士兵们就离开了。乔和一名客人陪着他们，乔还把小皮普背在了后背上。

小皮普低声说道：“我希望，乔，我们找不到他们。”乔回答说：“皮普，如果他们能切断铁链逃走，我愿意出一先令。”

但士兵们很快就抓住了他们，其中一个正是曾和小皮普打过交道的可怜男人。当那个男人看到小皮普时，小皮普摇摇脑袋向他示意他并没有泄密。

但那个犯人并没有看任何人，他只是对警官说他有些事情要交代，以免连累其他人被怀疑，他说他从铁匠家偷了些食物。“这是些吃剩下的食物，就是这些东西，有一些酒，还有馅饼。”

“铁匠，你是否丢了这些东西，比如说馅饼?”警官询问道。

“当你们进门的时候，我媳妇正在说馅饼丢了的事儿。你知道吗，皮普?”

“那么，”犯人看着乔，说道，“你就是那个铁匠咯，是吗?我很抱歉吃了你的馅饼。”

“上帝作证，我们很乐意请你吃，”乔回答说，“我们不知道你究竟犯了什么事，但我们也不能让你因此而饿死，可怜的家伙。皮普，你说是吧?”

不久后，船来了，犯人们被带回了监狱，而乔也带着小皮普回家了。

许多年后，某个神秘的朋友给小皮普寄来一笔钱，供他念书，使他成为了一个绅士。直到小皮普长大以后，他才发现，那个神秘的朋友竟然就是当年那个可怜的逃犯，那个曾在寒冷黑暗的平安夜把他吓得半死的人。他被送往一个遥远的大陆，在那里富有了起来，但他从未忘记那个曾对他那么和善的小男孩。

“私奔”的一对儿

在冬青旅店里擦鞋的那个年轻仆役名叫柯布斯。他在旅店里擦擦鞋，跑跑腿，招待客人。下面这个故事便是他某一天所讲述的。

“假设一个不满八岁的年轻绅士和一个七岁的优雅女士私奔，你会不会觉得这是个古怪的故事开端？这个故事是我——冬青旅店擦鞋的仆役——亲眼所见的。我清理了他们私奔时穿的鞋，鞋子小得连我的手都伸不进去。

“哈利·沃尔莫斯少爷的父亲住在舒特山边的艾尔默斯，距离伦敦六七英里。他尤其以独子哈利少爷为骄傲，但绝不溺爱。他是个拥有自己独特意志和眼光的绅士，这一点很重要。因此，即使他对这个漂亮聪明的男孩如朋友般亲切，却也不忘对其进行严厉的教导，孩子毕竟是孩子。那时我还在沃尔莫斯家当园丁，一天早晨，哈利少爷走过来对我说：‘柯布斯，如果有人问起，你要怎么拼写诺亚这个词？’说着，他便拿出他的小刀，开始在栅栏上到处刻写‘诺亚’。

“之后有一天，我正在清除砂砾中的杂草，哈利少爷带着诺亚小姐在我旁边停下，大声说着：‘柯布斯，我喜欢你！你知道为什么吗，柯布斯？因为诺亚喜欢你。’

“‘真的吗，先生？’我是这样回答的，‘那真是太令人高兴了！’

“‘高兴？柯布斯，’哈利少爷说，‘诺亚的喜欢比一百万颗最闪耀的钻石更可贵。你就要离开了，不是吗，柯布斯？’‘是的，先生！’‘你想再多个职位吗，柯布斯？’‘嗯，先生。如果那是个不错的职位的话，我应该不会拒绝的。’‘那么，柯布斯，’他说，‘等到我们结婚时，你就是我们的首席园丁。’说完，他将诺亚小姐裹进她天蓝色的小斗篷里，搂着离开了。

“一个夏日的下午，我正在那个冬青旅店里给人擦鞋，这时一辆四轮马车驶了过来，从马车里出来的正是那两个孩子。年轻的小绅士先下了车，然后伸手将他的女士扶了下来。他给了门卫一些什么，转而对我的老板，也就是店主说道：‘我们要在这儿住一晚，请准备一间起居室，两间卧室，两份羊排骨和樱桃布丁。’随后便搂着小女士向屋里走去，一副恬不知耻的样子。

“我看到了他们，他们却没注意到我。我跟老板讲了我对他们这种冒险举动的看法。‘柯布斯，’老板说，‘如果真是这样的话，我必须动身前去通知他们的父母，以便让他们安心。但是你必须紧盯着他们，哄着他们，直到我回来。不过，在我动身前，柯布斯，我希望你能从他们那里证实你说的这些都是事实。’

“于是我上了楼。在那儿，我看到哈利少爷坐在一个相对于他的身体来说巨大的沙发里，正在用他的手帕为诺亚小姐擦眼泪。当然，他们的小腿完全碰不到地面。实在很难用言语来形容这两个孩子看上去有多小。‘是柯布斯！是柯布斯！’哈利少爷叫了起来，他向我冲了过来，紧紧抓住我的手。诺亚小姐也跑了过来，抓住我的另一只手，他们都高兴地跳着。然后整个事情就变得更像那么回事儿了。

“‘我们就要结婚了，柯布斯，就在格雷特纳·格林，’男孩说道，‘我们正是为此而出逃的。诺亚现在情绪不太好，柯布斯，不过她待会儿就会开心起来的，因为我们遇到了你这个老朋友。’

“我以我的人格担保，我说的都是实话。这位小女士带的行李只有一把太阳伞、一个嗅盐瓶、半个圆形的黄油冷吐司、八颗胡椒薄荷糖，还有一把玩偶用的梳子。小绅士的行李中有一根十二码长的绳子、一把刀、三四张叠得很小的书写纸、一个橘子，还有一个上面刻着他名字的大柄杯子。

"'你们接下来具体的计划是什么,先生?'我问他们。

"'继续往前走,'男孩回答道,'明天早上就走,然后明天就结婚。'

"'原来是这样,先生。那么,先生,请恕我冒失,我倒是有个不错的建议。我知道有一匹矮种马,先生,它能带着你和哈利·沃尔莫斯小夫人,在短时间内到达你们要去的地方。虽然我还不能完全确定这匹马明天是否有空,先生,不过即便等一等,也是值得的。'

"他们高兴地拍着手掌,欢呼雀跃起来,而且不停地叫我'好柯布斯','亲爱的柯布斯'。于是我说:'此刻您还需要点什么吗,先生?'

"'晚餐后,我们想要一点蛋糕,'哈利先生回答道,'还有两个苹果,以及果酱。至于晚餐嘛,我们只要吐司和水就好了。但诺亚一直都习惯在吃甜点的时候喝半杯葡萄酒,我也是。'

"'就按您的吩咐,先生。'我回答道,然后便离开了。一路上,屋子里的妇女都在谈论着那个男孩和他的鲁莽行为,觉得这事值得一看。她们想尽办法去看他一眼,甚至通过钥匙孔偷窥。

"到了傍晚,老板动身去了艾尔默斯,我便去房间瞅瞅这两个私奔的孩子现在如何了。小绅士坐在窗边,怀里抱着小女士。她的脸上又挂着泪珠,疲倦地躺着,处于半迷糊状态,她的头倚靠在小绅士的肩膀上。

"'哈利·沃尔莫斯小夫人是不是累了,先生?'

"'是的,她累了,柯布斯。她的情绪又低落了,正如你所见,她不习惯待在一个陌生的地方。你能不能帮我拿一个诺福克产的红苹果,柯布斯?我想那或许会让她好一点。'

"后来,我拿来了红苹果,哈利少爷用调羹喂给她吃。但这位小女士实在是困顿至极,相当乖戾。我便建议将她放到床上,并且叫来了女服务员。但哈利少爷坚持要自己陪着她,并且拿来蜡烛为她照明。把她送到房间后，哈利少爷就回到了自己的房间。我轻轻地把他锁在了里面。

“第二天吃早饭的时候，他们向我咨询那匹矮种马的事情（他们点了甜牛奶和水，还有隔夜的吐司和葡萄干果冻）。我便告诉他们，那匹矮种马很不巧地在修剪鬃毛，刚剪了一半，不过今天就能剪完，明天八点就可以准备妥当了。我发觉那个哈利·沃尔莫斯小夫人已经想要放弃了。她睡觉时，没有去卷头发，而且似乎起床后也不会自己梳理，以至于头发妨碍了双眼，这让她想打退堂鼓了。但没什么阻挡得了哈利先生。他坐在他的早餐杯后面，撕着果冻壳，像个大人一样。

“早上哈利少爷摇了传唤铃——很奇怪他是从哪弄到这东西的——以一种活泼的方式问道：‘柯布斯，附近有没有什么适合散步的好地方？’

“‘有的，先生，有条爱的小径。’

“‘去你的！柯布斯！’小孩儿发飙了，‘你开玩笑的吧？’

“‘不好意思，先生，这儿确实有条爱的小径，而且在那儿散步会很舒心。不知我是否有这个荣幸，带领您和哈利·沃尔莫斯小夫人过去走走？’

“于是我带着他们沿着爱径去了水边的草地。在那儿，哈利少爷花了点时间给小夫人采了一朵睡莲。不过他们都累坏了，周围的一切对他们来说，都是新鲜又陌生的，他们已经累到极致了，于是躺在一丛雏菊旁睡着了。

“他们总算醒来了。此时，对我来说，有一件事已非常清楚，那就是哈利·沃尔莫斯小夫人开始发脾气了。哈利少爷环着她的腰，她说他在耍她。哈利说：‘诺亚，我初升的五月的月亮，你的哈利会耍你吗？’她告诉他：‘没错。我想回家了。’

“一只烤禽、一些烘焙面包和黄油布丁，让沃尔莫斯小夫人的心情稍有好转。但是我私底下真希望她能对爱的语言更敏感，而不是仅仅关注布丁里的葡萄干。然而，哈利少爷依旧兴致高昂，他高贵的心灵一如当初那样钟情。黄昏时，沃尔莫斯小夫人已极其困顿了，且哭了起来。于是她便和昨天一样上床睡觉了，哈利少爷也重复了昨天的举动。

"夜里大约十一点钟，老板坐着轻便马车回来了，随行的还有哈利少爷的父亲和一位年长的女士。我打开了哈利少爷的房门，他的父亲走了进去，径直到了床边，轻轻地俯下身，亲了亲那张小小的熟睡着的脸庞。然后他站着看了一会儿，似乎挺喜欢这个情形，很绅士地耸了耸肩：'哈利，我亲爱的孩子！哈利！'

"哈利少爷醒过来看着他的爸爸。那小家伙还挺够义气的，看了看我，仿佛在问他有没有给我带来麻烦。

"'我没有生气，我的孩子。我只希望你穿好衣服，跟我回家。'

"'是，爸爸！'哈利少爷很快就穿好了衣服。

"'我能不能——亲爱的爸爸——我可不可以——临走前亲一下诺亚？'

"哈利少爷的父亲牵着哈利的手，我点着蜡烛，领他们到了另外一间卧室。那位年长的女士坐在床边，可怜的哈利·沃尔莫斯小夫人正在酣睡着。爸爸把小男孩举起来凑到枕边，小男孩把小脸靠在可怜的哈利·沃尔莫斯小夫人热热的脸颊上，轻轻地贴了一下。

"故事就到这里了。哈利少爷的父亲紧握着他的手，坐着轻便马车离开了。那位年长的女士和哈利·沃尔莫斯小夫人直到第二天才离开。很久之后，小女孩嫁给了一个上尉，去了印度。"

盲女的眼睛

迦勒·普兰默和他的盲眼女儿一起居住在一间破旧的小屋里。他们是玩具匠，他们的房子小到用一把铁锤就能敲成碎片，装在一辆马车上就能拖走。它就像一颗伞菌，长在“格拉夫 & 塔克雷顿”商号旁边。这个玩具商便是迦勒父女的老板。商号前面这个词就是他们老板的名字。

我之前说迦勒和他的盲眼女儿住在这里，但我需要说明一下，迦勒的确如此，但他的女儿则生活在一个神话宫殿里，那是父亲用爱为她筑造的。她从来都不知道天花板是破裂的，石膏就要跌落下来，木制品已经腐烂；她不知道她周围的一切事物都是又老又丑，穷困不堪；她不知道她的父亲已经年老，头发花白，弯腰驼背；她不知道他们的老板是个冷酷、野蛮的工头。噢，亲爱的，不是这样的。她幻想中的家是一个漂亮的、舒适的、紧凑的小屋子，装满了好心的老板送来的纪念品；她的父亲是个机智、灵巧、看起来很英勇的人；玩具商的合作方是个外表英俊、气质高贵的善良天使。

这一切都是迦勒的功劳。在他的盲眼女儿还是个小婴儿的时候，他就决定了，倾尽所有的爱来呵护她，让她的失明转化成一种幸福，让她的生活尽可能地快乐。她的确很幸福，她通过父亲的眼睛来看周围的事物，每一样都散发着彩虹般的光亮，因为这一切都注入了父亲的关爱和快乐。

这是个奇怪的家：他们平常的工作场所就是他们的客厅，房间里摆放着许多完工和未完工的小房子，供不同档次的玩偶居住。中等玩偶住租屋；下等玩偶住厨房和单身公寓；市中心居所提供给上等玩偶。有些小房子还配备了供玩偶花的钱；有些还配备了顶级的装饰，一眼扫去，可以看到桌子、椅子、沙发、床架以及床垫。这些小房子是为了适应各阶层的需要而制造出来的，比如贵族以及平民大众。房间里到处都摆放着各个等级的玩偶，包括小篮子里，在那儿，它们正直直地盯着天花板。至于对玩偶的社会等级进行分类，且让它们各就其位，在现实生活中是相当困难的，但玩具制造商却从本质上提出了解决方法。他们不依靠材质作为标准，例如绸缎、印花棉、碎布，来对玩偶的等级进行分类。他们使用另一种手段，但不允许出现一丁点差错。对于高档的女玩偶，她们的四肢用蜡像制成，且形状完美，此种设计只适用于同等级的玩偶。下一个档次的，便是用皮革制成的；再下等的，就用亚麻布来做。至于平民级玩偶，火绒箱里有足够的火柴来充当它们的胳膊和腿，它们一旦制成，便永久保持这样。

在迦勒·普兰默的房间里，除了这些玩偶之外，还有很多其他的手工样品。有诺亚方舟，里面摆着各种鸟类与野兽。这样的摆设看上去却极其和谐，我敢保证。虽然这些鸟与野兽本可以散乱地堆在屋顶，但此刻它们全都摇身变成了一个个小指南针。诺亚方舟里大部分的门口都设置了敲门人，或许这不太吻合邮递员或清晨来访者的形象，但对于这个建筑来说却是个完美收工。还有许多令人忧郁的二轮小马车，车轮滚动时，便能演奏出极其悲凉的音乐。屋子里还有很多小提琴、鼓，以及杂耍艺人，还有无数的加农炮、防护盾、剑、长矛和枪，还有许多底部为红色的不倒翁。贝莎就坐在这一堆东西之间，忙着给玩偶做连衣裙，而迦勒则坐在桌子的另一端，弯着腰，忙着给玩偶的房子描描画画。

“昨晚你穿着漂亮的新外套就出去了，外面还下着雨呢。”贝莎说。

“是的，穿了新大衣。”迦勒看了看晾在那里做工粗劣的麻布衣回答道。

“我真高兴你买了这件衣服，爸爸。”

“这个裁缝，多时尚啊！湛蓝色的衣服，配上亮晶晶的扣子，这样一件衣服对我来说实在是太奢侈了。”

“太奢侈?!”盲眼女孩笑着嚷道，她停下了手中的活，拍了拍手，“对我英俊的爸爸来说，任何衣服都不过分！爸爸有微笑的脸庞，深色的头发，挺拔的身材，能有什么衣服对我英俊的爸爸来说是奢侈的?”

“说实话，穿着它，我还是有点不好意思的，”迦勒一边这样说着，一边瞅着女儿的脸，想要看她对此作何反应，“每当我听到那些孩子和大人们在背后说着‘啊呀！大人物来了’，我便不知所措了。还有，昨天晚上，有个乞丐赖着不肯走，我就跟他说，我也只是个普通百姓，他却说：‘不可能，尊敬的阁下！愿上帝保佑您，千万别说您是个普通人!’我当时感到很难为情，真的觉得我没权利穿这件衣服。”

幸福的盲眼女孩听到父亲说的这些，她开心极了!

“我看到你了，爸爸。”她说着，“很清晰，就像是用我自己的双眼——那双和你在一起时我便不需要的眼睛——所看到的一样。我看到你穿了一件蓝外套!”

“亮蓝色的。”迦勒说。

“是的，是的！亮蓝色!”女孩大声说着，抬起她光芒四射的脸蛋，“我记得那是美丽天空的颜色！你曾告诉过我天空是蓝色的！一件亮蓝色的外套——”

“穿着很宽松。”迦勒说。

“没错，宽松的好!”盲眼女孩叫嚷着，带着诚恳的微笑，“而且穿在你身上，亲爱的爸爸，配上你甜蜜的眼睛，微笑的脸庞，轻快的步伐，以及深色的头发，看起来会很年轻、很英俊的。”

"啊呀！啊呀！"迦勒说，"我目前还不行呢。"

"我觉得你可以的，"盲眼女孩继续嚷着，欢快地用手指向父亲，"我了解你，爸爸！哈，哈，哈！你瞧，我已经看穿你了！"

事实上，每次当她凝视着他的时候，她脑中的画面与迦勒所看到的是何其地迥然不同啊！不过她刚刚提到了他轻盈的脚步，这点倒是没错。这么多年来，他从未用缓慢拖沓的步伐踏进那个门槛，他总是故意踏出有力的脚步声以便让她听见。就算是内心疲乏的时候，他也从未忘记踏出轻盈有力的脚步，以此换来女儿的快乐与生活的勇气。

"完工！"迦勒说道，往后退了一步，以便更好地审视这件作品，"看起来像真的一样。不过真遗憾，房子前面的整个部分一下子就打开了。要是里面有个楼梯，每个房间都有一扇门可以通过的话就好了！不过那却是我最不想要的。我总是在戏弄自己，欺骗自己。"

"你说话的声音好轻柔，是不是累了，爸爸？"

"累了，"迦勒随口附和，又突然爆发起来，"什么能让我疲劳，贝莎？我从来都不会累的。你那话什么意思！"

为了加强语气，他停下来去模仿炉壁架上那两个被拉长了的、张着大嘴的人物。那两个人腰部以上处于永久的疲倦状态。迦勒开始哼起小曲，那是一首祝酒歌，内容与一只发光的碗有关。他用一种漫不经心的声调唱着，这使他看上去比之前要瘦弱、深沉千百倍。

"什么！你在唱歌，是吧？！"塔克雷顿说着，探着头进来了。他就是迦勒为之工作的玩具商。"去他的！我就不会唱歌。"

本来也没人认为那个塔克雷顿能唱歌。怎么说呢，他就是没有长着会唱歌的面相。

"我可付不起时间去唱歌，"塔克雷顿说，"真高兴你可以。我希望你也能这般好好地工作。我必须要说，同时做两件事是不可能的。"

“要是你能看见他的话，贝莎，我们的东家正在向我眨眼睛呢！”迦勒对女儿低声耳语，“他只是开玩笑，你不知道，他很热心的。那现在，你可以……”

盲眼女孩微笑着点了点头。她拿起塔克雷顿先生有点勉强的手，轻轻地吻了一下。

“这个白痴在干嘛？”玩具商咕哝着，草草地把手抽了回来。

“我要谢谢您送的小树，那棵很漂亮的小树。”贝莎回答道，拿出一根小小的开满蔷薇的树枝。这是一个善意的谎言，为了让贝莎相信这是老板送给她的礼物，迦勒省下了两顿饭的钱，然后买了这根蔷薇枝。

“人们说，那些会唱歌却不愿唱的鸟儿，就必须用外力迫使它去唱。”塔克雷顿喃喃自语道。

“那对于不会唱，也不该唱，却愿意唱的猫头鹰呢？人们要怎么对它？”

“这会儿，他又在夸张地眨眼呢！”迦勒再次对女儿说着悄悄话。

“噢。我的天哪！”微笑着的贝莎嚷道，“一直都和我们一起开心，一起欢愉。”

“哦！你在那，是吧？”塔克雷顿回答道，“可怜的蠢货！”

他真的以为她是个傻瓜，而且他隐约发现，这个女孩似乎对他抱有好感，对此我也不敢确定。

“嘿！那位，你好吗？”塔克雷顿说，双臂交叉着。

“噢！很好！非常好！很幸福，正如您所希望的那般，正如您希望这整个世界都幸福那般，如果您能做到的话。”

“可怜的笨蛋！”塔克雷顿喃喃自语，“真是毫无理性！一丝都没有！”

盲眼女孩托起他的手，亲了一下，紧紧攥着好一会儿都不放。放手之前，她温柔地把小脸贴了上去。她的举止中蕴含了无法言表的情感和炽热的感激之情，塔克雷顿因此被打动了，用一种前所未有的温和的声音咆哮着：

“现在又是什么状况？”

“贝莎！”塔克雷顿说，声音中带着些许真挚，这或许是他人生中仅有的一次温情，“到我这里来。”

“哦！我能自己到你那里，你不用来指引我。”她回复道。

“我可以告诉你一个秘密吗，贝莎？”

“如果你愿意的话！”她急切地回答道。

在黑暗中，她的脸庞闪闪发光！她头顶的光亮多么耀眼！

“今天是那个被宠坏了的小孩——不知道叫什么名字来着，只知道是皮瑞宾格的妻子——定期来访的日子。她要在这里进行可笑的野餐，不是吗？”塔克雷顿说道，带着一种对整件事都极其厌恶的表情。

“是的，”贝莎回答，“就是今天。”

“和我想的一样！”塔克雷顿说道，“我也想参加这个聚会。”

“你听到了吗，爸爸！”盲眼女孩高兴得叫了起来。

“是的，是的，我听到了，”迦勒嘀咕着，一脸混沌，如梦游一般，“可我不相信，这肯定又是我撒的一个谎言，绝对的。”

“我——我想让皮瑞宾格多陪陪梅·菲尔丁，”塔克雷顿说，“因为我要和梅结婚了。”

“结婚？！”盲眼女孩惊叫了起来。

“她可真是个糊涂虫，”塔克雷顿自言自语着，“我还担心她不能理解我的。是的，贝莎！结婚！教堂、牧师、办事员、圈着花环的马车、钟声、早餐、喜饼、惠赠、切肉刀，还有其他所有无聊的东西。婚礼，你知道吧，就是婚礼。难道你不明白婚礼是什么吗？”

“我明白，”盲眼女孩温柔地回答，“我都了解！”

“真的吗？”塔克雷顿嘀咕着，“比我期望的好多了。既然这样，我希望你能加入这次聚会，并且将梅和她的母亲一起带来。下午前，我会送点东西过来的。一只冰冻的羊腿，或一些松软的蛋糕。你会等我的吧？”

“会的。”她回答。

她低下头，转过脸去，静静地站着，双手交叉，若有所思。

“我觉得你不会的，”塔克雷顿看着她，小声说道，“因为你看上去已经将这一切都忘记了。迦勒！”

“斗胆说一句，我还在这里呢。”迦勒在脑袋里闪过这些话，“先生！”

“注意着点，让她别忘了我对她说的话。”

“是说给她的话，就绝不会忘，”迦勒回复道，“这可是她极其擅长的。”

“每个人都觉得自己的孩子如天鹅般聪慧美丽，”这个玩具商说着，耸了耸肩，“可怜的人！”

表达了自己极其蔑视的态度之后，老“格拉夫 & 塔克雷顿”离开了。

贝莎依旧站在那里，陷入了沉思。快乐已从她低垂的脸上消失了，她的脸庞真的无比悲伤。她摇了摇头，摇了三四次，仿佛是在哀叹某些回忆或某些损失，但她悲伤的情绪却无法用言语来发泄。

“爸爸，在这样的黑暗中，我好孤独。我想要我的眼睛，一双耐心又坚强的眼睛。”

“就在这里，”迦勒说，“一直都在。它们一直都为你而存在，贝莎，每时每刻都在。你的眼睛需要为你做点什么呢，亲爱的？”

“环顾一下房间，爸爸。”

“好的，”迦勒说道，“说到做到，贝莎。”

“跟我说说吧。”

“大体和平常一样，”迦勒说，“朴素却很舒适。墙壁涂成了艳丽的色彩，盘子里摆着鲜花，还有那闪亮的木材，上面架着横梁。简约与整洁，让我们的屋子看上去很可爱哟！”

它们的确曾经简约又整洁，只要是贝莎整理过的地方。但是在迦勒的幻想中所描述的小屋子里，毫无简约与整洁可言。

“你穿了工作服，难道说你穿着那件帅气的大衣不开心吗？”贝莎摸了摸他，说道。

“没那么开心，”迦勒回答道，“不过很轻快。”

“爸爸，”盲眼女孩说着，向他的侧面靠过来，一只手臂绕在父亲的脖子上，“跟我说说梅吧，她很美丽吗？”

“她的确美丽。”迦勒说。曾经，的确是。像现在这样不用靠自己的想象来对话，对迦勒来说，十分罕见。

“她的头发是深色的，”贝莎闷闷不乐地说着，“比我的更深。她的嗓音悦耳、甜美，我真的很喜欢听她讲话。她的身材——”

“房间里任何一个玩偶的身材都不能与之媲美，”迦勒说道，“还有她的眼睛——”

他停住了，因为贝莎向他的脖子又靠近了一些，而且从那只缠绕着他的手臂上，传来了他再熟悉不过的带有警告的压力感。

他被勒得咳嗽了起来，他帮自己捶了一会儿，以缓解压力，然后又回过来再谈那只发光的碗，那首帮他度过了很多难关的歌曲。

“我们的那位朋友，爸爸，那位帮了我们很多次的朋友，塔克雷顿先生，你知道的，我对他的事从不厌倦，可刚刚，我是不是失态了？”她急速地说了这一串话。

“当然没有，”迦勒回答道，“即使失态了也情有可原。”

“啊？能有什么理由？！”盲眼女孩叫喊着，情绪激动。虽然目的纯粹，可此时迦勒却不忍去正视她的脸，只好低下了头，就好像她能够从他的眼睛里读懂他无辜、善意的谎言似的。

“那么，你再跟我说一遍他的事吧，亲爱的爸爸，”贝莎说道，“一遍又一遍！他拥有一张英俊、善良、温柔的脸庞，为人诚实又正直。我相信这些都是真的。他想通过表现出一丝粗暴和厌恶来遮掩他所有的好意，可是他强壮的内心已在他每一个眼神每一次扫视中根深蒂固了。”

“并且使得他的内心更加高贵！”迦勒从默默的绝望中插了一句。

“更加高贵了！”盲眼女孩吼道，“他比梅年长一些吗，爸爸？”

“是——是的，”迦勒不情愿地说道，“他比梅大一点点，不过那不重要。”

“贝莎，”迦勒温柔地说，“到底发生什么事了？你变了很多，我亲爱的，仅仅几个小时内，从今天早上开始。你一整天都呆呆的，不说一句话！到底怎么了？告诉我！”

“噢，爸爸，爸爸！”盲眼女孩叫着，嚎啕大哭，“噢，我的命好苦，好苦啊！”

还未来得及回复她，迦勒就用手抹起了眼泪。

“可是你要想想你一直以来多开心，多幸福，贝莎！有多少人都深深地关爱着你！”

“可那直接伤到了我的心，亲爱的爸爸！总是如此在意我！总是对我那么好！”

迦勒对她所说的困惑不已，难以理解。

“生来——生来便失明，贝莎，我可怜的亲爱的，”他支支吾吾地说，“的确是种巨大的折磨，可是——”

“我从未这样觉得！”盲眼女孩大声说着，“我完全没有这样想过！从来没有！有时候，我是渴望有双明亮的眼睛，那样就能看见你，看见他了，一次就好，亲爱的爸爸，一分钟就好。可是，爸爸，噢，我善良、温柔的爸爸，你总是那样包容我，在我每次顽劣的时候！”盲眼女孩说道，“眼睛并不是我如此悲伤的原因。”

“贝莎，我亲爱的！”迦勒说，“我心中一直都有话想对你说，在我们俩独处的时候。请听我说！我有件事想跟你坦白，我亲爱的。”

“坦白，爸爸？”

“我一直都隐瞒着真相，并且迷失了自己，我的孩子，”迦勒说着，困惑的脸上露出可怜的表情，“我一直都向你隐瞒了真相，只为了让你好过一点，可这一切对你来说，也太残忍了。”

她把脸转过来朝向他，急切地想知道怎么回事，重复说道：“残忍！你对我残忍！?”贝莎叫喊着，满脸怀疑。

“我不是故意的，我的孩子，”迦勒说道，“但我真的错了，虽然昨天之前，我从没这样认为过。我的亲爱的盲眼女儿，听我说，原谅我吧！你所生活的那个世界，那个我心中的世界，并不像我所描述的那般真实存在着。那双你一直信任的眼睛欺骗了你。”

她依旧用惊讶的面孔对着他。

“你的人生道路太过艰难，我可怜的孩子，”迦勒说，“我想要为你铲平它。我改变了诸多现实，创造了许多从未存在的东西，只为了让你幸福。我一直都对你遮遮掩掩，满是欺骗，上帝宽恕我！并且用各种幻想包围着你。”

“但是活着的人们并不是幻想出来的吧？”她着急地问道，脸色变得苍白，“你总不能改变他们吧？”

“我有这样做过，贝莎，”迦勒辩解道，“有一个人你是知道的，我的孩子——”

“噢，爸爸！你为何要说我知道？”她回答道，语气中带着强烈的责备，“到底有什么事什么人是我知道的！我这个没有眼睛引路的姑娘，真是瞎得可怜啊！”

由于内心的痛苦，她伸出手张开双臂摸索着离开了。从某种意义上来说，她脸上的表情是这世上最绝望最悲伤的。

“婚礼今天举行，”迦勒说，“结婚的是一个严厉、卑鄙、令人难以忍受的男人，是一个多年以来对你和我都苛刻的老板，我亲爱的。他的样貌和内心一样丑陋、冷漠、无情。他在任何一点上都不像我之前对你描述的那样，我的孩子，一点都没有。"

"噢，为什么？"盲眼女孩喊叫着，受尽折磨般地痛苦，并且到了无法忍受的边界，"你为什么要这样做？你为什么要填满我的心，却又如恶魔般闯了进来，夺走我所爱的一切？噢，天哪，我真是瞎了眼！好无助，好孤独！"

承受着折磨的父亲垂着脑袋，没有应答，只是陷在自己的悲伤中。

"告诉我，我的家是怎样的，它真正的样子。"

"一个穷地方，贝莎，非常穷，一贫如洗。这座屋子能够为我们遮风挡雨的时间已经不多了。它仅仅能够庇护我们免遭四季变换之苦，贝莎，正如你可怜的父亲穿的那件麻布大衣一样。"

"那些我珍爱的、又总如我渴望的、深深喜欢的礼物呢？"她颤抖地说着，"它们又是怎么来的？"

迦勒没有回答。她已经得到了答案，也陷入了沉默。

"我明白了，我懂了，"贝莎说，"此刻我在看着你，看着我善良的、富有同情心的父亲，请告诉我你长着什么样？"

"一个老人，我的孩子，瘦弱、驼背、头发花白，繁重的工作与哀伤让他疲惫不堪，一个虚弱、愚蠢、虚伪的老男人。"

盲眼女孩扑跪在他面前，将他花白的脑袋拥进怀里。"这就是我眼中的景象，我眼中重建的景象。"她哭着说，"我之前是瞎，但我现在可以看见了。直到现在我才真切地看清了我的爸爸。他会认为那个我如此深爱的、一心一意珍惜的、英俊的爸爸就是这个疲倦的、头发花白的老人吗？爸爸，在我的祈祷中，再也不会有一根花白头发被忘记了，感谢上帝。"

“我的贝莎!”迦勒抽泣着,“那个身穿蓝色大衣的矫健又聪明的爸爸——已经不存在了,我的孩子。”

“我最亲爱的爸爸,不,他没有离开,什么都没消失,我所珍爱的、相信的一切都在这里,在我疲倦的、年老的爸爸身上。不,还有更多,比之前还要多得多!我以前是幸福快乐的,但从现在开始,我会更加幸福,更加快乐。既然我已经知道你的样子,我便不再是瞎子了,爸爸,再也不是了。”

小大卫·科波菲尔

我是小大卫·科波菲尔，我和母亲一起住在萨福克郡布兰德斯通村一所漂亮的小房子里。对于父亲我一无所知，因为在我记事之前他就已经去世了。我也没有兄弟或姐妹。不仅我那年轻漂亮的母亲对我宠爱有加，我们和蔼善良的仆人裴果提也很宠我，她是个相当快乐的伙伴。我们几乎没有朋友，我母亲唯一提到过的亲戚是我父亲的姑妈，一个高大而且无论怎么看都令人讨厌的老女人。我还是个婴儿时，她来看过我们。当她发现我不是个小女孩时便大发雷霆，直到离开时还是一副被冒犯的样子，从那以后就再也没有她的消息了。还有一个客人，一个高大黝黑的绅士，我一点儿都不喜欢他，因为母亲对这个陌生人格外的亲切让我有些嫉妒。

有天晚上，我和裴果提两个人坐在客厅的火炉旁。我一直在给她读着书上有关鳄鱼的故事。我讨厌看书，因此有些昏昏欲睡。母亲作为贵宾被邀请前往邻居家就餐去了，我决定坐着等她回来。我是宁可死在我的岗位上(那是当然的)也不愿意上床睡觉。当我徘徊在睡意边缘时，我似乎看到裴果提开始膨胀然后变得极为庞大。我用食指撑起我的眼皮，勉强看到她正在坐着干活；我看到了用茅草覆盖屋顶的小屋，那是她存放码尺的地方；看到了她带着滑盖的工具箱；看到了拥有粉红色圆顶的圣保罗大教堂；看到了她手指上的铜顶针；看到了可爱的她。真的是困顿至极，我知道一旦我什么都看不到了，只需片刻，我就会睡着。

“裴果提，”我突然问道，“你结过婚吗？”

“天哪，大卫少爷！”裴果提回应道，“您觉得什么是结婚呢？”

她的这个回答让我瞬间清醒了。她用针把线打了个结，然后停下手里的活看着我。

“可是你结过婚吗，裴果提？”我问道，“你是个好看的女人，不是吗？”

“我好看，大卫少爷？”裴果提回答道，“哎呀，不好看，我的宝贝！可是您觉得什么是结婚呢？”

“我不知道！但你肯定不可以一次嫁给多个人，对不，裴果提？”

“当然不可以啦！”裴果提急忙回答道。

“但是如果你嫁给了一个人，但他死掉了，为什么随后你又可以嫁给另一个人呢，这是为什么，裴果提？

“这样是可以的，”裴果提说道，“如果你这么选择的话，我的宝贝。每个人的看法不同。”

“可是你怎么看这个事儿，裴果提？”我说道。

我好奇地盯着她问道，她也在好奇地看着我。

“我的观点是——”裴果提说道，眼神从我身上移开来，顿了片刻，又继续忙手里的活，“我一辈子都不会嫁人的，大卫少爷，我也不想嫁人。这就是我对这个话题的看法。”

“你不会是生气了吧，裴果提，是吗？”静静地坐了片刻，我问道。

我觉得她真的生气了，因为她离我那么近。但我完全错了，因为她把手里的活放在了一边（她自己的长筒袜），然后张开双臂，把我长着卷发的小脑袋搂进了怀里，紧紧地抱着我。我知道那是个很舒服的拥抱，因为她比较丰满。每次穿好衣服以后，只要她稍微用力，她后背的某些纽扣就会飞掉。当她抱着我的时候，我想起曾经有两次她的纽扣飞到了客厅对面的情景。

有一天，裴果提问我是否愿意和她一起去拜访她住在雅茅斯的哥哥。

“你哥哥是个和蔼可亲的人吗，裴果提？”我询问道。

“噢，他可好相处了！”裴果提喊道，“那里有海洋，有小船，有大轮船，有渔夫，有沙滩，还有汉姆陪你一起玩耍。”

汉姆是她的侄子。听到有这么多好玩的，我迫不及待地想去那里。但是我的母亲，她一个人该怎么过啊？裴果提告诉我说，我母亲要去拜访几个朋友，所以肯定会让我去的。于是一切准备就绪，我们打算第二天就坐马车前往雅茅斯。我急切极了，恨不得前天晚上就把帽子和衣服穿戴好！但是真的到了要和母亲说再见时，我却哭了起来，因为我以前从来没有离开过母亲。那是一段漫长的旅行，当我到达雅茅斯时，我已是又累又困。汉姆已经在那等着了。汉姆是个很健壮的家伙，有六英尺高。他把我放在背上，把箱子夹在腋下，就这样带我们回家了。让我感到高兴的是，我发现这个屋子是由一艘真的大黑船改造而成的，门窗都在侧面，一个矗在屋顶的铁漏斗就是烟囱。屋里很舒服也很干净。他们还在船尾为我准备了一个小房间。更让我高兴的是，我还找到一个可爱的同龄小女孩一起玩耍。茶点过后，我说道：

“裴果提先生。”

“嗯，少爷。”他回应道。

“您给儿子取名汉姆是因为您住在船里吗？”

裴果提似乎觉得这是个很高深的想法，但是依然回答道：

“不是的，少爷，并不是我给他取的名字。”

“那是谁给他取的这个名字呢？”我向裴果提先生提出了第二个问题。

“哎哟，少爷，是他父亲给他取的。”裴果提先生回答道。

“我还以为您就是他的父亲呢！”

“他是我哥哥乔的儿子。”裴果提先生说道。

“他已经去世了，裴果提先生？”我礼貌性地停了一下，暗示道。

“淹死了。”裴果提先生说道。

裴果提先生竟然不是汉姆的父亲，这让我大吃一惊，我开始怀疑我是否误解了他与那里所有人的关系。我很好奇事实究竟是怎样的，于是我下定决心要问清楚裴果提先生的身份。

“小多瑞丽，”我扫了她一眼，问道，“她是您的女儿，对吗，裴果提先生？”

“也不是，少爷。她是我姐夫汤姆的女儿。”

我再也忍不住了：“他也去世了，裴果提先生？”再一次礼貌性地安静了片刻，我又一次暗示道。

“也淹死了。”裴果提先生说道。

我感觉这个话题很难再继续下去了，但是真相还没有弄个水落石出，所以无论如何都要弄清楚。于是我说道：

“您没有小孩，裴果提先生？”

“是的，少爷，”他一阵大笑，说道，“我还是个单身汉。”

“单身汉？”我大吃一惊，“啊，那她是谁，裴果提先生？”我指着那个系着围裙正在编织的人问道。

“那是古米治太太。”裴果提先生说道。

“古米治，裴果提先生？”

听到这个，裴果提——我是指我的仆人裴果提——很明显地给了我一个暗示，示意我不要继续问下去了，于是我只好坐在那里看着他们，直到去睡觉。

古米治太太也和他们住在一起，做做饭，洗洗衣服，因为她是个可怜的寡妇，无家可归。我觉得裴果提先生收留他们所有人和他一起住实在是太好心了。我的想法完全正确，因为裴果提先生自己也是个可怜的男人，他不得不努力工作来维持生计。

清晨的阳光刚照亮我镜子上的牡蛎壳框架，我就起床了。我和小多瑞丽一起到外面沙滩上捡石头玩耍。

“我猜你是个不错的水手?”我对多瑞丽说道。我没想过要猜想这样的事情,只是觉得我该说些什么。那个时候,在她明亮的眼眸中,正好显现出一个漂亮的小影像,那是一艘正在向我们靠近的闪亮的帆船,我这才想起问这个问题。

“不,”多瑞丽摇摇头回答道,“我害怕海洋。”

“害怕?”我说着,鼓起勇气,大胆地看向了广袤的大海,“我不怕。”

“啊!但是海洋很残忍,”多瑞丽说道,“我曾看到它极其残忍地对待我们人类。我曾看到它将我们房子那般大的轮船撕成了碎片。”

“我希望不是那条船——”

“那条我父亲遇难的船?”多瑞丽说道,“不,不是那条船。我没有见过那条船。”

“也不是汉姆父亲的那条?”我问她。

小多瑞丽摇了摇头:“我不记得了!”

这里有些事值得注意一下。我立马给她解释为何我从没见过我的父亲;母亲和我又是如何总是以可以想象到的最为幸福的状态生活着,并且我们打算一直这样生活下去;以及为何我父亲的坟墓会在离我家不远的教堂墓地里,墓地旁还种着一棵树为坟墓遮阳。很多个令人愉快的早晨,当我从大树枝下经过时,总能听到小鸟在歌唱。但是多瑞丽的孤儿身份似乎与我有些不同。在她父亲去世前,她的母亲就已经去世了。除了知道她父亲在海洋深处的某个地方以外,没人知道她父亲的坟墓在哪里。

“此外,”多瑞丽一边寻找着贝壳和鹅卵石,一边说道,“你父亲是一个绅士,你母亲是一个贵妇,而我父亲是一个渔夫,母亲是一个渔夫的女儿,我叔叔丹也是一个渔夫。”

“丹就是裴果提先生,对吗?”我问道。

"叔叔——那边那个。"多瑞丽朝着船房点点头，回应道。

"嗯，我就是指他。我想他一定是一个非常好的人。"

"只是好人？"多瑞丽说道，"如果我是个贵妇，我会送他一件镶有钻石纽扣的天蓝色外套，一条本色棉布裤子，一件红色天鹅绒背心，一顶三角帽，一块大金表，一只银烟斗，以及一箱子的钱。"

我说我丝毫不怀疑裴果提先生值得享有这些珍宝。

当小多瑞丽说到这些东西时，她停了下来看着天空，仿佛那些是最灿烂的美景。我们继续捡贝壳和鹅卵石。

"你想成为一名贵妇？"我问道。

多瑞丽看看我，笑着点点头："是的。"

"我非常想成为一名贵妇。到那时我们都应该成为上流人士，我、叔叔、汉姆，还有古米治太太。到那时我们再也不用担心暴风雨天气了。我的意思是不仅仅是为了我们自己的利益。毫无疑问，我们是为了所有贫穷的渔夫们，如果他们遭受痛苦，我们就会资助他们。"

离开这些善良的人们和我亲爱的小伙伴让我感到很难过，但是想到可以回到我亲爱的母亲身边，我还是很高兴的。可当我回到家里，我发现了一个巨大的变化：我的母亲嫁给了那个我不喜欢的黑人。他叫莫德斯通先生，一个严厉、狠心的男人，他对我没有丝毫爱意，也不允许我母亲像以前那样宠爱我放纵我。莫德斯通的妹妹也前来和我们住在了一起。她比她哥哥更难伺候，她也不喜欢小孩子。我的生活从此不再幸福。我试着表现得更好更听话，因为我知道如果母亲看到我因犯错而被惩罚会很不开心的。我以前总是跟着母亲学习，她既耐心又温柔，所以我很喜欢阅读。但如今，我有太多太难的功课要做，每当莫德斯通先生和莫德斯通小姐在房间里时，我都会又害怕又害羞。我不再那么出色，而是不断地给母亲和自己丢脸。

让我回忆一下以前是什么样子的，让我们再次回到某个早晨。

早饭过后，我带着书本、练习册以及石板来到较好的客厅。我的母亲已经在书桌前为我做好了准备，而不是像莫德斯通先生那样躺在窗边的安乐椅里（尽管他假装正在看书），或者像莫德斯通小姐那样坐在我母亲身边串着铁珠子。一看到他们俩，我就感到那些我费尽千辛万苦才记住的单词全部溜掉了，溜到我不知道的地方去了。顺便提一句，我很好奇它们到底去哪儿了。

我把第一本书交给母亲。也许是关于一个语法，也许是关于一段历史或者地理。当我把书交到她手里时，也不忘最后再瞅一眼。趁我记忆还算清晰时，我以很快的速度开始大声背诵。我在一个单词上卡住了，莫德斯通先生抬起了头；我又在另一个单词上卡住了，莫德斯通小姐抬起了头。我的脸变得通红，卡在了半打单词上，不得不停了下来。我以为母亲会给我看一下书本的，如果她敢的话，可是她不敢，她只是温柔地说道：

“噢，大卫，大卫！”

“现在，克拉莱，”莫德斯通先生说道，“对他严格一点。不要说‘噢，大卫，大卫’，那太幼稚了。他会做他的功课，或者他真的完全不会。”

“他不会做他的功课。”莫德斯通小姐很讨厌地插嘴道。

“恐怕他真的不会做。”我母亲说道。

“你看吧，克拉莱，”莫德斯通小姐回答道，“你应该把书还给他，然后教会他怎么做。”

“嗯，当然，”我母亲说道，“我正打算那么做，我亲爱的简。现在，大卫，再试一次，不准再糊涂了。”

我听从了母亲的第一句话再试了一次，但是没能成功地做到第二句话，因为我实在太笨拙了。我在背到老地方之前就卡住了，竟然在一个我之前背得很顺溜的地方停了下来，开始思考，但是我丝毫想不起功课来。我在考虑莫德斯通小姐帽子里网格的尺码是多少，我在猜测莫德斯通先生的睡衣值多少钱，或者斟酌类似和我没有任何关系、也完全没想过要有任何联系的事情。正如我已经期待了很久的那样，莫德斯通先生很不耐烦地朝我走了过来。莫德斯通小姐也同样走了过来。我的母亲唯唯诺诺地看了他们一眼，合上了书本，把它放在一边，说等我其他的任务都完成了以后再来解决它。

很快就有了一堆这样的任务，它像雪球一样越滚越大。当任务量越变越大，我也变得越来越笨拙。情况是如此的无可救药，我觉得我是在荒谬的沼泽里翻滚，我放弃了所有要出去的想法，彻底地向命运妥协了。随着我一再犯错，我和母亲都绝望地看着彼此，满是悲伤。母亲尝试着动动嘴唇来给我暗示(她以为没人会关注到她)，可就这一个举动却给我带来了最坏的后果。就在那一瞬间，始终躺在那儿、无所事事的莫德斯通小姐那低沉的带着警告意味的声音传了出来：

“克拉莱!”

我的母亲吓了一跳，脸瞬间红了，然后尴尬地笑了笑。莫德斯通先生从椅子里站了起来，拿起书，砸向了我，正好砸在我的耳朵上。他把我扛在肩膀上带出了房间。

我唯一的乐趣就是钻进屋子顶楼的小房间里，在那里我找到了一堆曾属于我父亲的书籍。我会坐在那里读《鲁宾逊漂流记》，还有许多关于旅行和冒险的故事，幻想着自己成为一个又一个的英雄。有一段时间我对一个旧靴楦上的饰品着了迷，我幻想自己成为了大英帝国皇家海军的船长。

有一天早上，当我带着书本走进客厅，我发现母亲一脸的焦虑，莫德斯通小姐板着个脸，而莫德斯通先生则正在往一根藤条的尾端缠绕着什么——一根轻盈柔软的藤条。当我走进门，他停下了捆绑，任由它停在空气中晃动着。

“我告诉你，克拉莱，”莫德斯通先生说道，“我一直都坚持鞭策自己。”

“毫无疑问，这是肯定的。”莫德斯通小姐说道。

“当然，我亲爱的简，”母亲支支吾吾，恭谦地说道，“但是——但是你真的觉得这是为爱德华好吗？”

“你觉得这不是在为爱德华好，克拉莱？”莫德斯通阴沉地问道。

“这正是问题的关键！”他的妹妹说道。

听到这些，我母亲答道：“当然不是，我亲爱的简。”然后她便不再吭声了。

所有这些与我相关的，都让我感到害怕。我发现莫德斯通先生正朝我看着。

“现在，大卫，”他说道。在他说话时，我又看了一眼藤条。“今天你要比往常更加小心。”他把藤条换了个位置然后掉了个头。他已经一切准备就绪了，他把它放在了身边，一脸的意味深长，然后拿起了他的书。

这个开端我始终记忆犹新。我感受到我功课里的文字在溜走，不是一个个的，不是一行行的，而是整页整页的。我尝试着抓住它们，但它们仿佛都穿上了溜冰鞋，就那么无法遏制地平滑地从我的脑海里溜走了(如果我能这么描述的话)。

我们的开始就很糟糕，然后变得更加糟糕。我想过要比以往做得更好，幻想着我能充分准备好，但结果发现这完全就是个错误。一本书接着一本书，失败也开始堆积起来，莫德斯通小姐全程都在死死地监督着我们。当我们开始来解决最后一个关于五千个奶酪的问题时(我记得就是那天他制作了藤条)，我母亲突然哭了起来。

“克拉莱！”莫德斯通小姐带着警告的语气说道。

“我觉得我有些不舒服，我亲爱的简。”我母亲说道。

我看到他很阴险地向他妹妹眨了眨眼睛，随后抬起藤条说道：

“哎呀，简，我们并不指望克拉莱能够完全坚定地忍受大卫今天给她带来的担忧和痛苦。克拉莱已经有所进步，变得坚强多了，我们不能对她过分苛刻。大卫，你和我一起上楼吧，孩子。”

当他把我带到门口时，我母亲朝我们冲了过来。莫德斯通小姐吼道：“克拉莱！你是个十足的傻瓜！”然后她挡住了我母亲。我看到母亲捂住了耳朵，然后听到了她的哭泣声。

他缓慢而又严肃地把我带到了我的房间——我可以确定他以这种彰显正义的正式表演为乐——我们一到房间，他就突然拧着我的脑袋把它夹在了他的腋下。

“莫德斯通先生！先生！”我对他哭喊道，“不要！求您不要揍我！我一直都在努力学习的，先生，但是当您和莫德斯通小姐在一旁时我学不进去，我真的学不进去！”

“学不进去，是真的，大卫？”他说道，“我们要来试试。”

他夹着我的脑袋，但我想尽办法搂住了他，阻止了他片刻工夫，恳求他不要揍我。我仅仅阻止了他一小会儿，他随后就狠狠地抽了我，也在同时，我张开嘴用牙齿咬住了他抱着我的手，狠狠地咬了一口。我的牙齿就在边上，行动起来都不需要思考。

这以后他继续揍我，仿佛是要把我往死里揍。透过我们引起的动静，我听到她们正往楼上跑，于是便大声呼喊起来。我听到母亲在大声哭泣，还有裴果提。然后他就离开了，还把门给反锁了。我躺在地板上，发着高烧，浑身滚烫，疼得撕心裂肺，弱小的身躯里满满的都是愤怒。

我清晰地记得，当我冷静下来，整个屋子似乎都变得不可思议的安静了！我清晰地记得，当我的聪明和热情开始冷却，我感到了恐怖。

我坐着听了很久，什么声音都听不到。我在地板上匍匐前进，看到了镜子中自己的脸，浮肿着，通红通红的，难看得几乎吓到了自己。当我移动时，条纹状的伤口又疼又难受，于是我再一次哭了，但我觉得它们与犯罪无关。我敢说，如果我是个可怕的罪犯，那么我胸口的伤口会更深，而且我认为犯的罪越大伤口就越长。

夜幕开始降临，我关上了窗户（我多半都是躺着的，脑袋枕在窗台上，哭泣、打瞌睡、无精打采地看看窗外）。当钥匙的声音响起，莫德斯通小姐带着一些面包、肉片还有牛奶走了进来。她一声不吭地把这些东西放在了桌上，同时还扫了我一眼，然后退了出去，锁上了门。

我永远无法忘记第二天早上醒来的情形。我第一次觉得那样快乐和清新，但很快就因为回忆起昨日的苦闷而颓废不已。在我起床前，莫德斯通小姐又一次走了进来，她明确地告诉我，我可以在院子里自由活动半个小时，然后她就退了出去，留下门敞开着，我可以自己利用这个权限。

我的监禁生涯持续了五天，每个早上我都在院子里溜达半小时。如果我有机会单独见到我母亲，我一定会跪在她的面前恳求她的原谅。但是整个这段时间，除了莫德斯通小姐之外，我谁都见不到。

那五天的时间，我无法向任何人传递消息。在我的记忆中，他们占据了那个地方很多年。

在我被关起来的最后一个晚上，我因为听到有人在轻声喊我的名字而醒了过来。我从床上爬了起来，在黑暗中用双手摸索着，问道：

“是你吗，裴果提？”

我并没有立刻听到回复，但没过多久，我再一次听到我的名字以一种神秘而又可怕的语气传了过来。如果不是突然想到声音可能是从钥匙孔传来的，我想我肯定已经开始发抖了。

我摸索着来到了门边，然后把我的嘴唇凑到钥匙孔边，低声说道：

“是你吗，我亲爱的裴果提？”

“是的，我亲爱的大卫，”她回应道，“要像老鼠一样，轻轻地，否则会让猫咪听到的。”

我知道她指的是莫德斯通小姐，也知道我们必须又小心又小声，因为她的房间就在不远处。

“妈妈还好吗，亲爱的裴果提？她一定对我很生气，对吗？”

在她答复我之前，我可以听到裴果提在钥匙孔的另一侧轻声哭泣，就像我在门内一样：“不，她没有很生气。”

“接下来他们会怎么对付我，亲爱的裴果提，你知道吗？”

“学校，伦敦附近的。”裴果提答道。我不得不让她重复一遍，因为我忘了把我的嘴巴从钥匙孔边移走再把耳朵凑上去，所以她第一次说的全进了我的喉咙。我很好奇她究竟在说什么，因为我没能听清楚。

“什么时候，裴果提？”

“明天。”

“这就是莫德斯通小姐把衣服从我衣柜里取出来的原因？”尽管我还没来得及说，她已经帮我整理好了。

“是的，”裴果提说道，“都已经装在箱子里了。”

“我还可以看到妈妈吗？”

“是的，”裴果提说道，“明天早上。”

随后，裴果提把嘴凑近钥匙孔，透过钥匙孔这条沟通的途径，她饱含深情和诚挚地说了这些话，我敢说，每一句破碎的小句子都震撼了我的心灵。

“亲爱的大卫，如果近来我与你不像以前那般亲密了，不是因为我不爱你。我和以前一样爱你，甚至比以前更爱你，我亲爱的宝贝。那是因为我觉得那样做对你而言更好些，还有你身边的某些人，我亲爱的大卫，你还在听吗？你能听到吗？”

“能——能——能——能听到，裴果提！”我呜咽着说道。

"我还是我!"裴果提无限同情地说道,"我想说的是,你一定不要忘了我,因为我永远不会忘记你。我会好好地照顾你的母亲,大卫,就和以前照顾你一样。我不会离开她。我也会写信给你的,尽管我不是一个学者。我还会……还会……"因为裴果提亲不到我,于是她俯下身亲吻了一下钥匙孔。

"谢谢你,亲爱的裴果提!"我说道,"哦,谢谢你!真的谢谢你!你能答应我一件事吗,裴果提?你能否写封信告诉裴果提先生、小多瑞丽、古米治太太以及汉姆,我并不像他们想象的那样不好,我要传递给他们我所有的爱,尤其是给小多瑞丽?可以吗,裴果提?"

善良的裴果提答应了。我们俩饱含着情感亲吻了钥匙孔。我记得,我用手拍了拍钥匙孔,仿佛那就是她诚恳的脸颊,然后我们就分开了。

第二天早上,莫德斯通小姐和往常一样出现了,她告诉我就要去学校了。对我而言,这完全不像她所设想的那样是件新鲜事。在我穿衣服的时候,她又说了一遍这事,那时我正要下楼到客厅去吃早饭。就在那里我看到了我母亲,她脸色苍白,两眼红肿。我扑进了她的怀里,恳求她原谅我,是我让她的心灵饱受痛苦的。

"哦,大卫!"她说道,"不要再伤害我爱的人!试着变好一点,我恳求上帝让你改好一点!我原谅你!我真的好伤心,大卫,你心里也一定很不好受。"

莫德斯通小姐好心地把我带出门送上了马车。路上她告诉我说,她希望我在没有好下场之前能够忏悔。然后我就坐进了马车,懒洋洋的马拖着车开始出发了。

我们大概走了半英里,我的手绢就已经完全湿透了。此时车夫停了下来。

我伸出脑袋想看看到底发生了什么事。让我惊异的是,我看到裴果提从树篱中冲了出来,爬进了马车。她把我搂进怀里紧紧地抱着，直到把我的鼻子压得生疼，尽管我是直到后来觉得被抱着很温柔时才想到了这一点。裴果提什么话都没有说，她松开了其中一只手，把它伸进口袋直到肘关节，然后掏出一些用纸袋装的蛋糕，并把它们勉强塞进了我的口袋。她还把一个钱包塞进了我手里，但依旧什么话都没有说。又一个并且是最后一个拥抱过后，她走下了马车然后跑开了。我相信，就像我一直相信的那样，她长袍上的纽扣肯定都掉光了。我捡到了散落在各地的纽扣中的一颗，长期以来我都把它当作纪念品一样珍藏着。

车夫看着我，仿佛在询问我她是否还会回来。我摇了摇头，告诉他我认为她不会回来了。“那么我们继续！”车夫对那匹懒洋洋的马说道，马很听话地继续前行。

这一次，我几乎哭得泪都干了，我开始觉得继续哭泣也没有任何意义。车夫看到我有此决心，便提议说我可以把手帕摊开在马背上晾干。我感谢并且接纳了他的提议。手帕在马背上看起来特别小。

我现在有时间检查一下钱包了，那是个坚硬的皮质钱包。让我很开心的是，随着啪的一声，我看到里面躺着三枚明晃晃的先令，很明显裴果提曾用美白剂打磨过它们。但是里面最珍贵的东西是两枚用纸包起来的克朗，纸上有妈妈的笔迹，写着“给大卫，连同我的爱”。我被这句话彻底地打败了，我让车夫行行好把我的手帕拿回来给我，但他说他觉得我最好不要再用手帕了，我也觉得如此，于是便用袖套擦干了眼泪停止了哭泣。

他也是为了我好。由于先前的种种感受，我偶尔还是会被抓住再大声哭泣的。我们行进了相当长的一段时间后，我问车夫是否会全程陪着我。

“全程到哪里？”车夫询问道。

“那里。”我答道。

“那里又是哪里？”车夫又问道。

“靠近伦敦。”我说道。

“啊，这匹马啊，”车夫抖着缰绳指着那匹马，说道，“在它走完一半的路程之前，就会比猪还要死气沉沉了。”

“那么说，你是只到雅茅斯？”我问道。

“差不多是那里。”车夫说道，“在那里我把你送上长途马车。长途马车再把你送到——到任何你要去的地方。”

我和车夫一起分享了我的蛋糕。他问我蛋糕是不是裴果提做的，我告诉他说是的，她负责我家所有的饭菜。车夫若有所思地看着我，然后问我是否可以替他带个信给裴果提。我同意了，这个消息是“巴克斯愿意”。当我在雅茅斯等待长途马车时，我给裴果提写了封信：

> 我亲爱的裴果提：我已经安全到达雅茅斯。巴克斯愿意。我爱妈妈。你挚爱的大卫。
>
> 附：他说他特别想让你知道“巴克斯愿意”。

在雅茅斯，我发现晚餐已经为我订好了，我一个人占着一张桌子，这让我感到很不好意思。就在这时，警铃声大作，侍者告诉我说他看到一位绅士在喝了些啤酒之后，倒地昏死过去了。因为害怕冒犯旅馆里的人，我告诉侍者我只需要一些水，并且感谢他替我喝掉了为我点的麦芽酒。他服侍着我吃完了晚餐，并且收下了我给的一枚明晃晃的先令。

那个时候还没有火车，我就乘着长途马车经过相当长的一段乏味的旅程，终于到达了伦敦。一个名叫梅尔先生的校长把我带到了位于布莱克西斯的学校。

我凝视着他带我前往的教室，那是我见过的最为绝望和荒凉的地方。那个场景我现在还历历在目。长长的房间，里面摆了三长排桌子，六条长椅子，周围布满了用来挂帽子和石板的钉子。废弃的书本和练习册凌乱地散落在肮脏的地板上。

待梅尔先生离开一段时间后，我轻轻地走到了教室的前端。我独自蹑手蹑脚地前行着，观察着这里的一切，这时我突然看到了一张厚纸板做的标语牌，它就躺在桌子上，上面很漂亮地写着这么一句话："小心点，他会咬人！"

我连忙爬上桌子，害怕桌子下面真的藏有一条大狗。但是，尽管我很担忧地把四周都看遍了，我还是没有看到它。当梅尔先生回来时，我还在忙着四处张望，于是他问我在桌子上干什么。

"请您原谅，先生，"我说道，"真的很抱歉，我在找一条狗。"

"狗？"他问道，"什么狗？"

"那不是指一条狗吗，先生？"

"什么是指一条狗？"

"那个要小心注意的，先生，那个会咬人的。"

"不，科波菲尔，"他严肃地说道，"那不是一条狗，而是一个小男孩。我现在命令你，科波菲尔，把这块标语牌挂在你后背上。我很抱歉一开始就如此对你，但我不得不这么做。"

说完，他把我从桌子上弄了下来，然后把标语牌像小背包一样系在了我的双肩上，那标语牌简直就是为我量身定做的。从此以后，无论我去哪里，我都得随身带着它。

没人能想象到这个标语牌让我承受了多少痛苦。无论别人有没有在看我，我总觉得有人在看它。哪怕我转过身看到什么人都没有，我也不能放下心来，因为不管我的背朝向哪里，我都觉得有人在那里。

操场里有一扇陈旧的门，孩子们有在门上刻自己名字的传统。门上满是这种刻痕。我好害怕假期结束后他们就会回来，所以我每读一个人的名字时，都会忍不住想象他会以什么样的语气又会如何强调这句话——“小心点，他会咬人。”有一个名叫杰·施朵夫的男孩，他的名字刻得很深，而且刻了好几个，我猜想他会相当大声地读出那句标语，然后拽我的头发。还有一个名叫汤米·崔多思的男孩，我害怕他会拿标语开玩笑，并假装对我害怕极了。还有第三个，乔治·丹普尔，我猜想他会把标语唱出来。我看着那扇门，就像一个畏畏缩缩的小动物一样，我看到所有名字的主人——梅尔先生说过，当时学校里大概有四五十个学生——似乎都在用自己的口吻大喊：“小心点，他会咬人！”

汤米·崔多思是第一个返校的。他自我介绍说，我可以在大门右侧的角落找到他的名字，就在顶闩的上面。听到这话我问道：“崔多思？”他回答道：“正是。”然后他详细询问了我和我家庭的情况。

我很庆幸崔多思是第一个返校的。他很喜爱我的标语牌，他把我介绍给其他每一个返校的孩子，使我从害怕提起它、想把它藏起来的窘迫中解救了出来。无论年龄大小，只要有孩子返校，他就用这种方式介绍我：“快看这里！这里有好玩的！”更为庆幸的是，大部分的孩子回来时都有些无精打采的，并不像我预想的那样喧闹。当然，也有些男孩忍不住捉弄我，他们假装我是小狗，拍拍我，摸摸我，好让我不咬他们，还说道：“小狗，躺下！”他们称我为“托哲”。被陌生人围观自然是很不好受的，我还为此哭了好几次，但总体来说这比我预想的要好多了。

然而，直到杰·施朵夫回到学校，我才算正式被学校所接纳。他以其渊博学识而全校闻名，长得也很帅气，至少比我大六岁。我被带到了他的面前，就好像被带到了一位大法官的面前一样。在操场里的一个棚子下面，他详细地询问了我所受的惩罚，然后愉悦地发表了自己的看法，说这只是“令人欢愉的玩笑”。就为这句话，我从此以后死心塌地向着他。

“你身边有多少钱,科波菲尔?”他用刚刚那句话处理完我的事情后,走到我身边问道。

我告诉他我有七先令。

“你最好把它们交给我来保管,”他说道,“至少,你要是乐意就交给我,你要是不乐意我也不勉强。”

我赶忙听从了他的友好建议,然后打开了裴果提给的钱包,把钱倒在他手里。

“你现在需要花钱吗?”他问我。

“不需要,谢谢你。”我答道。

“只要你想花就可以花的,你知道的,”施朵夫说道,“尽管说出来。”

“不需要,谢谢你,头儿。”我重复道。

“或许不久你会想要花几个先令买一瓶葡萄酒,然后拿到寝室里?”施朵夫说道,“我发现你和我住在同一个寝室。”

我以前当然没有过这个想法,但是我回答说:“是的,我想要买瓶葡萄酒。”

“太好了,”施朵夫说道,“我敢说,你会很乐意再花几先令买杏仁蛋糕,对不?”

我回答道:“是的,我也喜欢杏仁蛋糕。”

“还可以买些饼干,买些水果,嗯?”施朵夫说道,“我说,小大卫,你都快要把钱花光了!”

我笑了,他笑了,但我的脑子也开始有些小混乱。

“好了!”施朵夫说道,“我们必须尽可能地花好这笔钱。就这样吧,我会尽我所能帮助你。只要我乐意我就能出学校,我可以把零食偷偷运进来。”说完这些话,他把钱揣进了自己的口袋,然后很和气地告诉我说不要担心,他会注意的,一切都会好的。

他说话算话,如果不考虑我暗自的担忧,那么一切都很好。因为我害怕我乱花了母亲给的两个半克朗，尽管我把包着那两个半克朗的纸收藏了起来，那是我最珍贵的纪念。当我们上楼睡觉时，他拿出了那价值七先令的东西，然后把它们放在了我那张沐浴在月光下的床上，说道：

"快来看，小科波菲尔，你都可以举办一个皇家盛宴了！"

在我那个年龄，我还无法想象主持一场宴会的情景，更何况有他在我身边，所以他一提到这个想法我就摆了摆手。我恳求他来帮我分配食物，和我同住一个寝室的其他男孩也都支持我的请求。他同意了，于是坐在我的枕头上分配食物。我不得不说，他分配得极为公道。他用一只没有脚的小玻璃杯来分发葡萄酒，那只酒杯是他的私人财物。至于我，就坐在他的左手边，其他的人则围坐在我们周围，或者坐在最近的床上，或者直接坐在地上。

我们坐在那里轻声地交谈着，或者确切地说是他们在交谈，而我则在一旁静静地听着，那场景我到现在都还记得。月光透过窗户照进房间来，照亮了一小块地方，在地板上显现出一扇小窗户的形状。我们大多数人都坐在阴影里，除了当施朵夫为了在桌子上寻找什么而擦亮一根火柴时，才有一道蓝光在我们眼前瞬间闪过。伴随着黑暗、那场秘密的狂欢以及所有的轻声细语，一种神秘的感觉再次袭上心头。我怀着一种模糊的严肃和敬畏的感觉聆听他们对我说的话，他们与我如此亲近，这让我感到很开心。当崔多思假装自己看到角落里有个鬼时，我着实被吓了一跳(尽管我假装淡定地大笑着)。

我听到了关于学校的各种事情以及属于学校的一切。我听说科瑞克先生是所有教员中最严厉、最苛刻的。每一天，他都会像个骑兵一样冲进孩子堆里，来回抽打学生，左一下，右一下，打够了才心满意足地离开。

我听说有个装着木头假肢的男子，名叫屯格。他是个倔强的家伙，曾在酒吧里打过工，但最终还是加入了科瑞克先生的行列。孩子们推测，他的腿就是在为科瑞克先生服务时断了的。他一定是做了一桩欺骗人的生意，还被人抓住了把柄。

但我听到的关于科瑞克先生最为称奇的事是：学校里有这么一个男孩，连科瑞克先生都不敢对他动手，这个学生就是杰·施朵夫。当人们提起这件事时，施朵夫证实了这一说法，他说他倒是想看看科瑞克是怎么动手的。一个腼腆的男孩（不是我）问他如果科瑞克先生动手了他会怎么办，他故意擦亮了一根火柴，好让他在回答时有亮光照着他，然后说他会用一直放在壁炉台上的那个六七便士的墨水瓶砸向他的额头，把他打倒。我们坐在黑暗中，有那么一段时间，大气都不敢出一下。

我听说，在学校里，大家都认为科瑞克小姐爱上了施朵夫。我坐在黑暗里，想到他那好听的声音，他那俊俏的脸庞，他那随和的风度，还有他那微卷的头发，我确信这传闻是真的。我听说梅尔先生不是那种坏人，只是身上连半个先令都没有，所以毫无疑问，梅尔老太太，他的母亲，是个穷光蛋。

有一天，崔多思（世界上最不幸的男孩）不小心用球打破了一扇窗户。直到现在，想到那轰动的场景我还忍不住发抖，我觉得那球砸在了科瑞克先生那神圣的脑袋上。

可怜的崔多思！他身穿一件紧身天蓝色小西装，这让他的手臂和大腿看起来就像是德国香肠，或者是卷布丁。他是所有孩子中最快乐但又最悲剧的。他总是被藤条抽——我想，在那半年里，他每天都被抽，除了某个正巧是假期的周一，那天他只是双手被戒尺打了——他总想要写信告诉他叔叔这些，但从没写过。他把脑袋搁在桌上，不一会儿就变得高兴起来，眼泪还没干就又笑了起来，然后在石板上画满了骷髅。一开始我曾好奇，崔多思到底能从画骷髅中得到什么安慰。但我相信他这么做只不过是因为骷髅比较好画，没有什么特点。

崔多思是个很可敬的人,他始终坚信同学之间应当互相帮助,这是神圣的职责,为此他吃了好几次苦头。特别是有一次,施朵夫在教堂里笑了,而执事以为是崔多思,就把他带了出去。我现在似乎看到他在众人的轻视下被押解了出去。尽管第二天他为此而受罚,被关在教堂的院子里好几个小时,但他始终没有说出谁才是那个真正捣乱的人。在他出来时,他那本拉丁文词典里画满了骷髅。但他也因此得到了奖励。施朵夫说,崔多思的心里没有阴暗的东西,我们都觉得这是最高的评价。就我而言,为了得到杰·施朵夫这样的评价,我愿付出一切(尽管我远没有崔多思那样勇敢,也不像他那样老成)。

施朵夫和科瑞克小姐手挽着手当着众人的面走进教堂是我一生中看到的最大的场面。我并不认为科瑞克小姐的容貌能及得上小多瑞丽的美丽,我也不爱她(我是不敢),但我相信她是一个具有非凡吸引力的年轻女子,在教养方面无人能及。当穿着白裤子的施朵夫为她打着遮阳伞时,我为认识他而感到自豪。我相信除了全身心地崇拜他,她别无选择。在我眼里,夏普先生和梅尔先生都是了不起的人物,但施朵夫和他们相比就好像是太阳与两颗星星相比一般。一件意外的事情加强了我和施朵夫之间的友谊,让我为此觉得十分自豪和满意,尽管有时候会带来不便。那一次,我有幸和他在操场上交谈,我提到了某件事或某个人——我现在已经不记得了——好像是《裴格林·皮克尔》故事里的某件事或某个人。他当时什么都没说,但是那晚当我要上床睡觉时,他问我是不是有那本书。

我告诉他我没有,并向他解释我是怎么读到那本书的,以及其他所有我提到过的书。

"那你还记得它们吗?"施朵夫问道。

"噢,当然记得。"我回答道,我记性很好,我相信我还很清楚地记得它们。

"那么就让我告诉你吧,小科波菲尔,"施朵夫说道,"你可以把它们讲给我听。每天晚上我都无法很快入睡，而每天早上我通常又醒得很早。我们可以一本接着一本来讲。我们可以来个‘一千零一夜’。”

这个安排让我受宠若惊，当晚我们就开始实施了这个计划。

有一个很特别的情况，施朵夫坚定不移地显示出对我的体贴，这让可怜的崔多思和其他人有些小苦恼。裴果提答应要给我写的信（那是一封多么令人开心的信啊！）在开学后没过几个星期就到了。和信一起来的还有一块完全被橘子包裹着的蛋糕，以及两瓶西洋樱草酒。我按照惯例将这些好东西放在施朵夫的脚前，然后恳求他来分配这些东西。

“现在，我告诉你该怎么做，小科波菲尔，”他说道，“你应该把酒留下给你讲故事的时候润润喉咙。”

我因为他这个主意而脸红了，我谦虚地恳求他不要这么想。但他说他已经注意到有时候我嗓子是嘶哑的，他确切的表述是“有点呲咔声”，所以每一滴酒都应该用到他提到的用途上。因此酒被他锁进了他的箱子，他亲自把酒转移到一个小瓶子里，当他觉得我需要保养一下嗓子时，他让我透过软木塞里的芦管吸一口。有时候，为了使酒更加强劲，他会好心地榨点橘子汁倒进酒里，或者把生姜捣烂了混在里面，或者融一片薄荷在酒里。

我觉得我们似乎讲裴格林的故事讲了几个月，然后又讲别的故事讲了几个月。我确信，在学校里从来没有因为缺少故事听而扫兴，而酒也和故事一样持久。可怜的崔多思——一想到这个男孩，我就很奇怪地又是想笑又是眼含泪水——他就是故事的回音：听到滑稽的部分，他就会大笑不止；而讲到故事里惊险的章节时，他又变得惊恐不已。这经常让我讲不下去。我记得，他最让人好笑的是，每当我提到那个与吉尔·布拉斯的冒险相关的警察时，他都会装得无法忍住牙齿的震颤；我还记得，当讲到吉尔·布拉斯在马德里遇到海盗首领时，这个倒霉的小丑表现得如此害怕，制造的动静以至于被正在走廊里巡视的科瑞克先生听到了，然后他就因为扰乱寝室秩序而被狠狠地揍了一顿。

有一天，裴果提和汉姆前来看我。他们给我带来了两只极大的龙虾，一只巨大的螃蟹，以及一大帆布袋的小虾米，因为他们记得我吃饭的时候特别喜欢这类味道。

我很自豪地把我的朋友施朵夫介绍给这些友好、淳朴的朋友。我告诉他们施朵夫对我有多么好，他又是怎么帮助我学习以及如何照顾我的，而施朵夫也为渔夫那友好、和蔼可亲的态度感到很开心。

那天晚上吃晚饭时，大家好好地享受了这一顿美味。只有可怜的崔多思，大晚上的，因为吃螃蟹而病了。

终于，放假的日子到了，而我也可以回家了。在雅茅斯，我遇到了那个车夫——巴克斯。只是他的脾气有些差，不久后我才发现，原来是因为他的消息没有收到任何回应。我向他保证我会问裴果提要一个答复的。

啊，回到那个已经不算是家的家里，我发现我看到的每一件事物都让我想起往昔那个快乐的家，那个像梦一样但我再也不可能梦到的家。那是一种多么奇怪的感觉啊！

上帝知道，当我走进大厅，听到母亲在旧客厅里唱歌的声音时，我内心那种孩子般的记忆又被唤醒了。

从我母亲低声哼歌时那种孤独和深思的样子，我相信她是独自一人在那儿。于是我轻轻地走进屋里。她正坐在火炉边上照看一个婴儿，她把婴儿的小手搁在她的脖子上。她低着头看着婴儿的小脸，并且坐着为他唱歌。我猜得没错，她身边真的没有其他人。

我叫了她一声，她吓得大叫了起来。但是当她看到是我，她就喊我亲爱的大卫，亲爱的孩子；她走过半个房间来到我身边，跪在地上亲吻我；她把我的脑袋放在她的胸口靠近那个还嗷嗷待哺的小生命，并把他的小手放我嘴上。

我希望我已经死了。我希望那时我就已经怀着那种感觉死了！那个时候对我来说比以后任何时刻都适合进入天堂。

“他是你的弟弟，”母亲抚摸着我说道，“大卫，我可爱的孩子，我可怜的孩子！”然后她一次又一次地亲吻我，并且紧紧搂着我的脖子。就在这时，裴果提冲了进来，连滚带爬地来到了我们身边，对着我们俩又疯了有一刻钟。

我们一起过了一个很快乐的下午。那天莫德斯通先生和莫德斯通小姐正好外出了，我坐在母亲和裴果提身边，告诉她们所有关于我学校和施朵夫的事情，我把小婴儿抱在怀里，亲切地看护他。但当两位莫德斯通回到家，我比以前更不开心了。

早晨下楼吃早饭时，我感到很不安。因为自从上次我犯下难以饶恕的重罪以来，我还没有见过莫德斯通先生。然而，我又必须去面对他，于是我下楼了，中途还停顿了两三次。我踮起脚尖想溜进我的房间，但还是在客厅露面了。

他背对着火炉站着，而莫德斯通小姐则正在煮茶。我进去时，他紧盯着我，但没有做出任何认识我的表情。

犹豫了片刻，我走到他面前，然后说道：“先生，我恳求您的原谅。我对我的所作所为感到很抱歉，我希望您能原谅我。”

“听到你说对不起我感到很高兴，大卫。”他回答道。

“你好，小姐。”我对莫德斯通小姐说道。

“啊，哎呀！”莫德斯通小姐叹了一口气，把喝茶的汤勺伸向我以代替她的手指，“假期放多久啊？”

“一个月，小姐。”

“从什么时候开始算起啊？”

“从今天开始，小姐。”

“噢！”莫德斯通小姐说道，“那现在一天就已经过去了。”

她用这种方式保存了一份假期的日历，每个早上她都用这种态度减掉一天。她郁闷地减着日子，直到过了十天，当日子变成了两位数，她才变得略有希望，而且日子越往后，她就越开心。

就这样，假期一天天过去了，直到终于有一天早上，莫德斯通小姐说道："最后一天要过去了！"然后她给了我那个假期的最后一杯茶。

对于离开，我并不感到难过。巴克斯先生又一次来到了大门口，当我母亲俯身和我告别时，莫德斯通小姐再一次发出警告："克拉莱！"

我吻了吻她，又吻了吻小弟弟。活在我心里的与其说是母亲给我的拥抱，不如说是紧随着拥抱而来的那份炙热。

当我听到她在叫我时，我已经在马车里了。我向外看去，她正独自站在院子门口，手里抱着她的婴儿要给我看。那天很冷，没什么风。她抱着孩子专注地看着我，头发在她脑袋上纹丝不动，衣服的褶皱也不曾摆动。

就这样，我失去了她。后来在学校，我经常在梦中看到她，她默默地站在我的床边，同样那么专注地看着我，怀里抱着她的婴儿。

大概在我回到学校两个月后，某一天我被送回寝室。我是很开心地冲进寝室的，因为那天是我的生日，我猜想那里可能会有裴果提送给我的包裹。但是，哎！不是，那是克里克夫人给我带来了一条很伤心的消息——我亲爱的母亲已经去世了！克拉克夫人对我很和蔼也很温柔，其他孩子对我也是，尤其是崔多思，为我感到非常遗憾。

第二天我回到家里，听到了一个同样伤心的消息——那个可爱的婴儿也死了。裴果提很亲切地把我接回家，告诉我关于我母亲的病情，以及母亲给我准备的一份爱的留言——

"告诉我最亲爱的孩子，当他母亲躺在这里时，她曾不止一次，而是有上千次为他祝福过。"而且她还向上帝祈祷要保护和照看好她那已经失去了父亲的孩子。

莫德斯通先生并没有注意到我，而莫德斯通小姐也没对我说过半句友好的话。裴果提一个月后就要离开了，让我很开心的是，我被允许跟着她一起去拜访裴果提先生。在路上，我得知裴果提已经对我上次给她的神秘留言（巴克斯想要娶她）给出答复并且表示同意了。裴果提先生小屋里的每个人见到我都很开心，他们尽可能地安慰我。我到达的时候，小多瑞丽正在学校，于是我出去等她。我知道她回来的路，不久后我就来到路上，来回溜达着等她。

没过多久，远处出现了一个身影，我一看就知道那是多瑞丽，她的个子依旧还是那么小，尽管她已经长大了。但当她走近时，我看到她的蓝眼睛更加湛蓝了，她那长着小酒窝的脸蛋也更加明艳照人了，她整个人看起来更漂亮也更快乐了。我心里冒出一种很奇怪的想法，假装不认识她，装着正在看远方的什么东西从她身边走过。如果我没有记错的话，我后来也干过这样的事。

小多瑞丽对此一点也不在意。她明明看到我了，却不仅没有转过脸从身后喊我，反而笑着跑开了。这样一来我就不得不去追她了，但她跑得快极了，直到快到小屋时，我才抓到她。

“哦，是你呀，是吗？”小多瑞丽说道。

“哎哟，你以为那是谁啊，多瑞丽？”我说道。

“难道你不知道那是谁？”多瑞丽说道。我正要去亲吻她，她却用手捂住了自己的樱唇，她说她已经不再是小孩了，然后比之前更加开心地跑回了屋里。

她似乎变得喜欢戏弄我，这种变化让我觉得很奇怪。茶桌已经准备好了，我们的小柜子也被放在老地方了，但她没有过来坐在我的身旁，反而跑去和那个叨叨不休的古米治太太作伴了。当裴果提先生问她为什么那样做时，她把头发弄乱遮住脸庞，然后一个劲儿地大笑。

“真是个小孩子！”裴果提先生用他那双大手拍拍她说道。

“啊，”裴果提先生说道，手指滑过多瑞丽亮丽的卷发，“这里又多了一个孤儿，你看，先生，在这里。”他用手背敲了敲汉姆的胸膛，“又是一个，虽然他看起来一点儿也不像。”

“如果有你做我的监护人，裴果提先生，”我说道，“我相信我不会觉得自己是个孤儿。”

多瑞丽被我们大家看得有些慌乱，她低下脑袋，脸一下子就变红了。不一会儿，她透过卷发的缝隙向上扫了一眼，发现我们依旧都在盯着她看(我确信，作为他们其中一员，我可以看着她好几个小时)，她便跑开了，直到接近睡觉的时间才回来。

我躺在船尾那张陈旧的小床上，风还像以前那样呜咽着穿过海滩。但我忍不住幻想，它是在为那些已经逝去的人们叹息。我没有去想海水会在夜里上升然后把船卷走，而是在听到那些声音后，想到海水升起来，然后把我幸福的家给淹没了。我记得，随着耳边的风声和水声逐渐模糊，我在祈祷中加了一句“我希望长大以后可以娶小多瑞丽做妻子”，然后怀着满满的爱意入睡。

在这一次旅行期间，裴果提嫁给了巴克斯先生。裴果提拥有了一间属于她自己的漂亮的小房子，我回家前的那一天晚上就是在顶楼的小房间度过的。

“不管年轻还是年迈，亲爱的大卫，只要我活着，我就会住在这栋房子里，”裴果提说道，“你会发现它随时都欢迎你的到来。我会每天收拾它，就像过去收拾你之前的小房间一样。我亲爱的孩子，就算你要去中国，在你离开的日子你也可以想象到它会一直保持原样。”

我从内心深处感受到了她的善良和真诚，所以我尽可能地感谢她。他们把我送到了我家门口，然后裴果提用双手紧紧抱住了我。

在家里我又可怜又孤单，听不到一句贴心的话，也看不到一张带着爱意或关爱的脸，只有那两个曾伤透了我母亲心的人。我感到极度可怜和绝望。我发现我再也回不到学校了，我陷入了悲伤和孤独，被人遗弃，也没人关心。裴果提每周的拜访成了我唯一的安慰。我渴望去上学，无论多么严厉，不管在哪，至少能学到些什么。但是现在没有人看到我的痛苦，也没有朋友在身边帮我。

枯燥无聊的几个月过去了，终于有一天，莫德斯通先生告诉我说我得去伦敦自己挣钱养活自己。“莫德斯通 & 葛瑞布”商号有一个职位适合我，那是一家经营酒的公司。我的继父为我提供住宿和衣服，而我要挣够自己的生活费和零花钱。第二天，我就由经理带着前往伦敦了。我头戴一顶破旧的白色小帽，为了给母亲戴孝上面还缠着黑纱；身穿一件黑色夹克，下体穿一条硬邦邦的灯芯绒裤子。一个十岁的小家伙，为了生存与现实斗争了！

我发现，我的职位属于“莫德斯通 & 葛瑞布”商号最底层的一类，我被安排和那些没有受过教育的人一起工作。在我看来，我比他们更加低下，因为我的任务就是清洗瓶子，贴上标签等等。被贬低身份到这个地步让我感到十分痛苦，一想起我之前的伙伴施朵夫和崔多思，一想起我曾希望成为一名学识渊博以及著名的人，伤心的眼泪就止不住地流了下来，我甚至害怕我会忘掉在学校里学到的所有东西。我寄宿的地方，是一间空荡荡的小房间，在一个名叫米考伯的人的家里，那是一个懒惰、粗心大意但是脾气很好的人，他总是负债累累且麻烦缠身。我对他们的不幸深表同情，因此我尽可能地帮助米考伯太太出售她的书本以及那些她节省下来的小东西，为她、她的丈夫以及他们的四个孩子购买食物。但是我还太小太孩子气，不知道怎么合计着过日子，所以经常发现自己到周末的时候，不得不依靠几片面包和几块冷布丁度日。如果我不是一个天真无邪、善良的小孩子，这个时候我就会很容易走上邪路的。但是上帝眷顾着我，保护我免受伤害。我甚至没有告诉裴果提我过得有多悲惨，因为我怕她担心。

米考伯一家的生活过得越来越艰难，最后他们不得不离开伦敦。

对于这个结果我感到很难过，因为我和他们住在一起很长一段时间了，我觉得他们都是我的朋友。我将再一次变成独自一人，还不得不找一个住宿的地方与陌生人合住，这样的前景让我很不开心，我再也不想忍受这种生活了。米考伯一家留在城里的最后一个星期天，我和他们一起吃了晚餐。我给他们的小儿子带了一只玩具斑点马，给他们的小女儿买了一个洋娃娃，还省下了一个先令给那个可怜的女佣。第二天早上目送他们坐着马车离开后，我给裴果提写了封信，询问她是否知道我的姑姑——贝蒂·乔特伍德小姐住在哪里，并向她借半个基尼[①]。因为我已经决定要逃离“莫德斯通 & 葛瑞布”商号，然后去姑姑那里告诉她我的故事。我记得我母亲告诉过我，在我还是个婴儿的时候，她来看过我，母亲还依稀记得贝蒂小姐曾温柔地抚过她的头发，这给我带来了去向她求救的勇气。裴果提回了信件，里面还封了半个基尼，她告诉我她只知道乔特伍德小姐住在多福尔附近，但她也不确定是不是那个地方，也可能是在福克斯通、桑盖特或者海斯，她不确定。听说所有这些地方都很近，我下定决心要出发。因为我提前收到了一个星期的工资，我决定等到下个周六再走，我觉得在此之前离开很不讲究。我出去找一个人帮我把行李箱送去车站，但是很不幸地雇到了一个坏家伙。他不仅卷走了我的行李箱，还抢走了我身上的半个基尼，这让我变得一贫如洗。绝望之中，我徒步前往多福尔，而且为了买些面包，我被迫卖掉了我的马甲。第一个晚上，我走到了位于布兰克西斯的母校，睡在了附近的干草堆上，想象着那些睡在附近的学生们，我感到些许安慰。我知道施朵夫已经离开了，不然我会去见见他的。

在长途跋涉的第二天，我在查塔姆把我的夹克卖给了一个可怕的老男人。他让我花了一整天的时间等那笔钱，其实也就一先令四

---

① 基尼，1663 年英国发行的一种金币，等于二十一先令，于 1813 年停止流通。

便士而已。我只敢买些面包，晚上也不敢把钱花在住宿上。我被一群粗鲁的流浪汉吓坏了，当我没有理睬他们的呼唤时，他们就朝我扔石头。六天后，我到达了多福尔，衣衫褴褛，蓬头垢面，饿得半死，累得够呛。但是在这里，一开始我并没有得到关于姑姑的任何消息，绝望中我决定前往裴果提提到的其他几个地方。正在这时一辆马车飞驰而过，马衣从车夫身上掉了下来，正当我捡起来把它还给他时，我看到了他脸上透露出的和善的表情，这使我再一次鼓起勇气向他询问他是否知道乔特伍德小姐住在哪里。

马车夫给我指了指高处的几栋房子，我就艰难地向那里走去。在一个小店铺里，我很凑巧地遇到了乔特伍德小姐的女仆，她给我指了乔特伍德小姐的家，然后把我留在大门口自己进去了。一个被遗弃的小家伙，没有夹克也没有马甲，我的白色帽子也被挤得不像样子，鞋子也破了，衬衫和裤子又破又脏，漂亮的卷发凌乱不堪，我的脸和手被晒得黝黑，并且满是尘土。我抬起头看向楼上的一个窗户，我看到一个和蔼可亲、满头白发的绅士向我点了好几次头，然后摇了摇头离开了。我正要转过脸去考虑我该做什么，一个高挑挺拔的老妇人从屋子里走了出来，身上围着园艺用的围裙，手里拿着一把刀，开始在院子里挖掘一些草根。

“走开，”她说道，“走开，这里不需要小男孩。”

但我决定孤注一掷。我轻轻地走上前去，站在她的身边，用手指碰了碰她，羞怯地说道：“不好意思，夫人——”当她抬起头来，我继续说道：

“姑姑，我是您的侄儿啊！”

“噢，上帝！”她大吃一惊，就这么坐在了地上，盯着我看，而我继续说了下去：

“我是大卫·科波菲尔，住在萨福克的布兰德斯通，我出生的那晚，您曾来看过我亲爱的母亲。她去世以后我一直都很不开心。我一直被忽视，也得不到教育，我被赶出家门去做那些不适合我的工作。于是我就过来投奔您了。我刚出发就被打劫了，我是一路走过来的，自从我上路以来，就没在床上睡过觉。”说到这里，我开始嚎啕大哭起来，我的姑姑站了起来把我带回了家。她打开碗橱，拿出了几个瓶子，从每一个里面都倒了些东西在我嘴里。由于激动我都没关注那些到底是什么，我隐约觉得我尝到茴香水、凤尾鱼酱，还有沙拉酱的味道！随后她让我坐在沙发上，然后吩咐女仆去叫“迪克先生”下来。那个我曾在窗口见到过的绅士走了进来，乔特伍德小姐告诉了他那个衣衫褴褛在沙发里坐着的小家伙是什么人，最后她说道：

“现在你看到小大卫·科波菲尔了，问题是，我们该怎么安置他？”

“安置他？”迪克先生答道。随后，他思考了片刻，看着我，说道：“呃，如果我是你，我会把他洗干净！”

听到这个，乔特伍德小姐很是开心，她很快就为我准备好了热水。洗完澡，我穿上了迪克先生的衬衫和裤子（因为珍妮特把我破旧的衣物给烧了），裹上了披肩，躺在沙发上睡着了，直到晚饭时间才醒了过来。我看到姑姑前来为我拨开脸上的头发，轻声地喃喃自语：“多漂亮的家伙！多可怜的家伙！”

晚饭后，我又给我姑姑以及迪克先生讲了一遍我的故事。乔特伍德小姐再次向迪克先生询问意见，当这位绅士建议我应该去床上睡觉时，姑姑显得非常开心。那个晚上，我住在一个面朝大海令人愉快的房间里，我跪在地上做完了祷告。当我躺在干净、雪白的床上，我感到如此的庆幸、如此的舒适，我认真地祈祷希望不要再无家可归，永远不要忘记无家可归的日子。

第二天早上，姑姑告诉我说，她给莫德斯通先生写了信。想到我的继父知道我在哪里我就很害怕，于是我大喊道：

“噢，如果要我回到莫德斯通先生那里，我真不知道该怎么办！”
。

但是姑妈说她没有那样的意思，我也不确定在我身上会发生什么，我希望她对我比较友好些。

最后，莫德斯通先生和小姐都来了。让贝蒂小姐感到非常恼火的是，莫德斯通小姐骑着一头驴穿过了屋前的草坪，然后停在了门口。没有什么比看到一头驴在草坪上让乔特伍德小姐更加生气的了。我已经看到好几次，我的姑姑或珍妮特同牵驴的小男孩争斗。

把驴和敢于把驴带到这里来的小伙子赶走以后，乔特伍德小姐才接待了她的客人，她把我放在凳子上，靠近她坐着。

莫德斯通先生告诉贝蒂小姐，我是一个非常坏、顽固、有暴力倾向的孩子。他曾试图要把我变好，但是没有成功；他曾把我送到一个有名的商号，可我却从那里逃走了。如果乔特伍德小姐选择要保护我和鼓励我的话，那么她必须一如既往地做下去，因为我很快就会恢复本性；如果我不准备离开，而乔特伍德小姐又不愿放弃我，并且能像莫德斯通先生想的那样对待我，那么他会彻底地放弃我，从此不再管我。

“你想走吗，大卫？”我姑姑问道。

我当然回答说不，我恳求她看在我父亲的份上，善待我，保护我。因为无论是莫德斯通先生还是莫德斯通小姐都不曾喜欢过我，也不曾对我好过，还让我那深爱着我的母亲因为我不快乐，这让我非常痛苦。

“迪克先生，”乔特伍德小姐说道，“我该怎么安置这个孩子？”

迪克先生考虑了一下：“马上帮他量身定做一套衣服。”

“迪克先生，”乔特伍德小姐说道，“您的想法总是无价的。”

她把我拉向她，然后对莫德斯通先生说道：“如果您想走，随时都可以。我会在这个孩子身上碰碰运气。如果他正如您所说的那样，我至少可以和您一样对待他。但是，我一点儿也不相信您说的话。”

随后她告诉莫德斯通先生，她认为他是以什么方式对待我和我母亲的，她的话让这位绅士感到很不舒服。最后，她转向莫德斯通小姐，说道：

“您也一路走好，夫人，但是如果再让我看到您骑着驴穿过我的草坪，要是您的脑袋还在您的肩膀上，我会敲下您的帽子，在您脑袋上踹上一脚！”

这着实让莫德斯通小姐吓了一跳，于是就和哥哥一起灰溜溜地离开了，而我则在一旁兴奋不已。我用双手箍住姑姑的脖子，热切地亲吻她，感谢她。

就在这天，我收到了一堆新衣服，上面都标记着“乔特伍德·科波菲尔”，因为姑姑希望用她的姓来称呼我。

现在我觉得我的苦难都结束了。我开始了一段崭新的生活，得到了很好的照顾，被亲切地对待。我被送往位于坎特伯雷的一所很好的学校，姑姑离开那里时给我留了几句话，我终身难忘：

“乔特，要以你自己，也以我和迪克先生为荣，上帝与你同在。对任何事情都不要吝啬，不要虚假，不要无情。远离这三个恶习，乔特，我会永远对你充满信心的。”

我尽可能地努力学习，努力做到姑姑所希望的那样，以此来表达我对我亲爱的姑姑的感激之情。

当你再长大些，你会读到小大卫·科波菲尔是如何成长为一名善良、聪明的人的。之后他又遇到了他那些老朋友，也交到了许多新朋友。

除此之外，还会读到施朵夫、崔多思、裴果提一家、小多瑞丽以及米考伯一家的结局。

小蒂姆

如果你听说这世上曾有个人不喜欢圣诞节，你必定会大吃一惊吧。事实上，那人已经在多个场合下用“胡闹”这个词来形容圣诞节了。他的名字叫斯库里奇。他是个心肠硬、脾气臭的商人，只在乎赚钱和存钱，对他人漠不关心。他雇了一个贫穷、勤快的小职员，让他坐在办公室里，却只付极其微薄的薪水，只要能够维持工作便可。他自己独自住在尽可能狭小的空间里，只有两间阴暗的房间。他从未有过开心、舒适和幸福的感觉，而且他还痛恨别人有这样的感觉。这就是他讨厌圣诞节的原因，因为在圣诞节那天，人们总是开心的，条件允许的话，人们愿意花点钱为自己和别人带来舒适。

又是一个平安夜。这是个寒冷又雾蒙蒙的夜晚。斯库里奇极不情愿地准许了他的小职员回家过节。他自己也只好锁上办公室，带着很差的心情，伴着一阵阵的感冒头痛，独自回家了。阴暗的房间里，他坐在微弱的炉火旁，喝了点粥，之后便上床了，并开始做着奇妙却又不为人喜的梦。现在让我们暂别斯库里奇，去看看小蒂姆，即斯库里奇那个可怜的小职员的儿子，看看他是怎么过节的吧。

小职员名叫鲍勃·克拉奇蒂。除了蒂姆，他和妻子还有五个孩子。蒂姆是个体弱多病的跛脚孩子，正因如此，父亲和其他家庭成员都深深地关爱着他。不过，蒂姆本身就是个可爱的小男孩，他性格温和，有耐心，惹人喜爱，还有那张甜美的小脸蛋儿，任谁都忍不住想瞧一眼。

一有空闲，克拉奇蒂先生就开心地把小儿子放在肩膀上，带他去逛街凑热闹。而今天，他第一次把小蒂姆带到了教堂。

“真不知道你们亲爱的爸爸和你们的兄弟小蒂姆在搞些什么！”克拉奇蒂夫人大声说着，“晚餐都已经准备好了，我还从未见过他在圣诞节这天回来得这么晚。”

“他回来了，妈妈！”贝琳达叫了起来，“他回来了！”其他的孩子也一起嚷着。克拉奇蒂先生进来了，他的羊毛长围巾挂在破旧的外套上，足有三尺长。因为天气实在寒冷，而这位可怜的小职员又没有大衣来御寒。小蒂姆被高高地架在父亲的肩膀上，手里抓着他的小拐杖。

“小蒂姆乖不乖啊？”克拉奇蒂夫人问道。

“乖得不能再乖啦，”父亲回答道，“孩子妈，我觉得，孩子在家呆得久了，变得有思想了。回家的路上，他告诉我，他希望教堂里那些人看到他是个跛脚，便会想起在圣诞节这天是谁让跛足的人行走的。”

“上帝保佑我好心的孩子！”母亲用颤抖的声音说着。父亲继续说道，声音也激动起来：“我们的小蒂姆终会变得健康又强壮的！”

晚餐即将上桌。克拉奇蒂夫人很自豪地把一只烤鹅放上饭桌；贝琳达端来了苹果汁；彼得拿着土豆泥；其他孩子则在桌边坐好。小蒂姆依旧与往常一样，紧挨着父亲坐着。不过，今天他也激动地拿着餐刀敲击着桌子，嘴里叫着“好哇，好哇”。烤鹅之后，上了布丁，当它从铜锅里取出的时候，还散发着浓重的洗衣日蒸汽的味道。布丁中间插着一根冬青枝，闪闪发光。布丁很快便被一扫而光了。接下来是苹果和橘子，还有一小铲栗子在火上烤着。最后大家紧围着炉火坐着，克拉奇蒂先生从水壶里给每人倒了些甜饮料，说着：“祝我们大家圣诞快乐！我亲爱的家人们，愿上帝保佑我们！”“上帝保佑我们，每一个人！”小蒂姆随声附和，然后他们为彼此的健康干杯，同时祝福斯库里奇先生健康，接着又讲了故事、唱了歌。小蒂姆嗓音甜美、轻柔、动人心弦。他低声吟唱着，歌中讲述了一个孩子在圣诞夜迷失在风雪中的故事。

现在让我来告诉你斯库里奇先生在平安夜所做的不为人喜、稀奇古怪的梦吧。在其中的一个梦中，他梦见一个圣诞鬼灵带他来到了这个小职员的家中。斯库里奇看到他们都围坐在火炉旁，听到他们为他的健康干杯，还听到了小蒂姆的歌声，并对小蒂姆留下了很深的印象。

斯库里奇先生是如何度过圣诞节的，我们不得而知。他可能因为感冒一直躺在床上，但是在圣诞夜，他又梦到了许多。圣诞鬼灵再次把他领到小职员贫寒的家中。母亲坐在桌边，做着针线活，眼泪却时不时地落下。她解释说这针线活伤她的眼睛。孩子们安静地坐着，神情悲伤，唯独小蒂姆不在。楼上的某个房间里，父亲双手掩面，坐在一张小床边，床上躺着个小身躯，面色苍白，一动不动。“我的孩子，我可爱的孩子。”父亲抽泣着，眼泪顺着手指滑落到地板上。“小蒂姆死了，因为他的父亲太过贫穷，不能给他维持身体健康的必需品。他家的贫穷就是你造成的。”鬼灵对斯库里奇先生说道。父亲亲吻了床上冰冷的小脸蛋儿，然后下楼去了。简陋的房间里依然留存着圣诞的气息。克拉奇蒂拿起帽子，不舍地看了一眼墙角的小拐杖，关上门出去了。斯库里奇先生将这一切都看在眼里。在鬼灵的引导下，他还看到了更多怪异却又令人悲伤的事情。不过，奇怪的是，第二天早晨当他醒来的时候，他感觉自己像变了一个人似的，这种感觉前所未有。

“哎呀，我感觉自己如羽毛般轻盈，如天使般幸福，如孩子般开心。”他自言自语着，蹦蹦跳跳地到隔壁房间去吃早餐，把所有煤炭一下子都扔到火炉里，还往茶里放了两块糖。“我希望所有人都有一个快乐的圣诞节，并且祝福全世界新年快乐！”

可怜的鲍勃·克拉奇蒂慢慢踱进了办公室，迟到了几分钟。他等着因此招致的谩骂和苛责，可是什么都没发生。他的老板背对着旺旺的炉火站着，面带微笑，伸出手来和职员握手，真诚地说要给他涨薪，并且要求他要更体贴地照顾好小蒂姆！“还有，把你房间的炉火加旺以后再工作，鲍勃！”斯库里奇说着，关上了自己的房门。

鲍勃简直不敢相信自己的眼睛和耳朵，不过这一切都是真实的。新年那天，克拉奇蒂家中发生了前所未有的事，包括斯库里奇先生给他们家送来了一只火鸡作为晚餐。小蒂姆也分到了一份，因为他没有死，而且很健康。自那天起，斯库里奇先生便成了他的教父，他什么都不缺了，因此就茁壮健康地成长着。斯库里奇先生疼爱呵护着小蒂姆，或许是因为那天在圣诞鬼灵的引领下，他坚硬的内心在不知不觉中被小蒂姆触动了，从而使他成为一个善良又幸福的人吧！

小董贝

小董贝是城里一个富商的儿子。自结婚时候起，也就是我们故事开始的十年前，董贝先生就一直迫切地渴望有个儿子。他是个冷漠、严厉、自大的人。他将人生和兴趣完全投入到生意中，生意对于他来说就是世上最重要的事。他想要个儿子并非出于疼爱，而是急于想要有人协助他管理生意，并且使得商号“董贝父子”的名字更加名副其实。所以最终出生的这个小男孩很受他的珍视，也受到了他的热切欢迎。

董贝还有一个六岁的漂亮小女儿，可董贝几乎从不注意她，人们甚至怀疑要是他在街上见到了她，他是否会认出这个小女孩。一个女孩对“董贝父子”商号来说有何用途呢？她又不能协助他做生意。

小董贝的母亲在他出生的时候便去世了，但此事并未让董贝先生很难过。既然有了儿子，这件事又算得了什么呢！不过，对于他的小女儿弗洛伦斯来说，那个疼爱珍视她的妈妈去世了，她为此伤心不已，且陷入了深深的孤独之中。

出生的头几个月，小董贝茁壮成长着。到了他记事的年龄，姐姐弗洛伦斯便成了他最爱的人。只要一看到姐姐，他就会笑着张开手臂拥抱她。而婴儿弟弟的爱也给了这个孤独的小女孩心灵安慰。她总是乐此不疲地照顾着弟弟，陪他玩耍。

到了该去教堂受洗的时候，小董贝被授予了教名“保罗”(这也是他父亲的名字)。那是场盛大又庄严的洗礼仪式，接着是一场同样盛大又宏伟的宴会。小保罗被带过来接受众人的赞美。他的教母称这个孩子为“天使”,“与他父亲简直是一个模子里刻出来的”。

也不知小保罗是不是在受洗仪式上着了凉,反正从那时起,他似乎一天天消瘦,变得越来越憔悴。他的健康和本该茁壮成长的婴儿期遭到了阻碍。至于那些疾病,正如他的护工所说:“这样的小可爱真不该遭这些罪。”每个小动作都让他疼到痉挛,还有水痘、百日咳、麻疹,一样接着一样,继续引用护工理查德的话来说:“这些疾病就像山猫一样纠缠着他,困扰着他。”因此当小董贝到了五岁的时候,虽然拥有世界上最漂亮、最甜美的脸蛋儿,却总是挂着忧郁的病容,他既瘦小又脆弱。在托儿所里和弗洛伦斯一起玩耍的时候,他也会和其他孩子一样开心,充满活力,但是他很快就会疲倦,说话和做事的样子都很老气。为此,理查德经常悲哀地摇着头。

每次晚餐后,董贝先生都要求小董贝坐在他身边的小圈椅里。他们看起来真的是很奇怪的一对:彼此很像,又非常不像。

“钱是什么,爸爸?”有一次小保罗问道。他尽量交叉着双臂,就像他父亲那样。

“喏,金子、银子和铜,你很清楚它是什么的,保罗。”父亲回答道。

“没错,不过我指的是钱能做什么?”

“任何事,几乎一切事情。”董贝先生回复着,握住儿子的小手,轻轻拍着。

保罗轻柔地将手抽了回去。“它没能留住妈妈,也不能让我变得强壮、健硕。”他说。

“噢,你是强壮的、健硕的,和那些同龄的小朋友一样。”董贝先生回答。

“不,”保罗叹了口气,“弗洛伦斯在我这么小的时候,长得又高又壮,而且也不会像我这样玩一会儿就累了。我常常觉得很累,爸爸。”

董贝先生开始焦虑起来,他把姐姐奇克太太召来,同她商量保罗的事情。他们找来了医生给小保罗检查身体。

“这孩子很难会像我们所希望的那样强壮，”医生说，“他的身体太柔弱了，而且他思虑得也太多，身体根本无法承受。让他去试一下海风吧，海风对孩子会有神奇的疗效。”

于是董贝先生安排弗洛伦斯、保罗和护工去了布赖顿，住在一个名叫皮普钦太太的女人家里。这个女人经营着不错的儿童寄宿生意，据说她的管理极其出色。董贝先生每周都会亲自去布赖顿一次，让孩子们从周六到周一都陪他一起住在旅馆里，由此来判断他的小儿子——也是继承人——的健康状况是否有所改善。

无可否认，小保罗除了对“董贝父子”商号具有重要性之外，在情感上，他也已经深入了父亲的内心。但是董贝先生对女儿依旧冷漠，或者说更甚于以前。因为这当中还包含了一种他不愿意承认的嫉妒——小保罗对姐姐热切的挚爱是他从未获得的。

皮普钦太太的相貌简直丑到了极致，长着鹰钩鼻，目光严厉又冷漠。当下还有两个孩子也生活在那儿，由她照顾：一个性情温和的蓝眼睛女孩，被称作潘凯小姐；一个表情严肃且悲伤的小男孩，叫做比瑟斯通少爷，他的父母都在印度，他沮丧地问弗洛伦斯能不能帮他想办法回到孟加拉。

“那么，保罗少爷，你觉得你会喜欢我吗?”皮普钦太太见这孩子正仔细地打量着自己，便问道。

“我觉得完全不会。”保罗摇着头回答，“我要离开，我不喜欢这里。”

保罗不喜欢皮普钦太太，但是他会坐在小圈椅里看着她，就像他在家看着父亲那般。皮普钦太太的丑陋似乎挺吸引他的。

几个星期下来，小保罗看上去似乎健康了一些，但是并未更强壮，他甚至不能跑出门。因此人们为他准备了一辆小马车，这样就能带着他去海边，让他在那里消磨一天中的大部分时光。他对他的车夫产生了强烈的好奇心——那个长得像螃蟹的老男人，身上散发出海草的味道，一路上他们都会聊着天。虽然他喜欢远远地看着其他的孩子们玩耍，但他唯一在意的就是弗洛伦斯的陪伴。清新的海风吹来，小小的浪花在车轮下泛起涟漪，还有弗洛伦斯坐在他身边，读书给他听，或是陪他说会儿话，这些似乎就能让小保罗获得最大的满足了。

“我爱你，弗洛，”有一天他对姐姐说，“如果你也去了印度，就像那个男孩的姐姐一样，那么我会死掉的。”

弗洛伦斯把头靠在他的枕边，轻声低语着，说他正长得越来越强壮。

“噢，是的，我知道，我现在好多了，”保罗说，“真的好很多。听，弗洛！大海在诉说着什么？”

“什么都没有啊，亲爱的，你听到的只是浪花翻滚的声音。”

“没错。可它们似乎总是在说些什么，一直都重复着同样的话。海的另一边是什么地方，弗洛？”

她告诉小保罗，海的对岸是另外一个国家。但保罗说他指的不是这个，而是更远的地方，远得多的地方。他常常会中断他们的谈话，去倾听大海的声音，凝视着那个更“遥远”的国家。在布赖顿生活了一年之后，保罗明显比之前强壮了些，虽然依旧弱不禁风。在一次周末探访中，董贝先生傲慢地对皮普钦太太发表言论：“我儿子的身体在好转，夫人，确实在好转。他已经六岁了，而且一转眼就会长大。”然后他继续解释说，保罗虚弱的身体已经耽误了他的学习，考虑到“董贝父子”商号继承人的前途命运，他便安排了保罗到附近的布林伯博士那里去接受教育。这真的是件令人遗憾的事！目前，弗洛伦斯依然留在那里生活，由皮普钦太太监护，她可以每周去看望弟弟一次。

布林伯博士的学校擅长强迫小男孩读书。不管这个孩子有多落后，布林伯博士都能够让他步入正轨，并且快速成人。布林伯博士也承诺能够让保罗如此。

“你愿意被培养成一个男人吧，我的儿子？”董贝先生问道。

“我宁愿做个小孩，和弗洛在一起。”保罗回答。

接下来，小董贝便开始了一种不同的生活。

博士的女儿布林伯小姐，一个戴着眼镜的有学问的女子，是小董贝的特别辅导教师。每天从早到晚，保罗可怜的小脑袋被强迫塞满了知识，直到他的头脑沉重，且伴随着阵阵钝痛。他的小腿脚又开始变得虚弱了。他看上去一天比一天消瘦，一天比一天苍白。他的眼神、做事的方式比之前更加老气。“老气”成了他的专有代名词。他对每一个人都温和有礼，对这个屋子里的每一个成员都尽量友善。每个人都喜欢这个“小董贝”，但每个人——你，包括男仆，都会带着同种温和的笑容说，他真是个“老气”的孩子。“他或许是这世上最古怪、最老气的孩子，”布林伯博士对女儿说，“但还是要栽培他，科妮莉亚，让他上进。”

科妮莉亚也的确在培养他。每次周六的探访中，弗洛伦斯看着弟弟脸色苍白、精神疲倦，几乎不能从繁重的课业中喘口气，她便帮他准备一个星期的功课，稍微减轻他的负担，以此来让他的精神有所放松。但是有一天，大约是假期开始的两个星期前，小保罗完成了功课，将他疲倦且疼痛的脑袋靠在一个他很要好的同学的膝盖上，接着便失去了知觉。当他再次睁开眼睛，他注意到窗户大开着，自己满头大汗，布林伯博士和他的辅导教师都站在那里看着他。

“噢，好了，”看到保罗睁开眼睛，布林伯博士说道，“我的小朋友现在感觉如何啊？”

“啊，我很好，谢谢您，先生！”保罗回答道，可当他想起身的时候，地板和天花板似乎都在“跳舞”，布林伯博士的脑袋看上去有平常的两倍大。图兹，也就是保罗之前倚靠着的那位同学，搀着保罗的胳膊，小心地扶他上床。不久，医生过来了，对小保罗进行了诊断，并且叮嘱道，保罗目前不适合再上任何课程了。

几天后，保罗可以起床在屋子里踱步了。有时候他很奇怪，为何每一个人都那么友好地待他。就连住在院子里的那条长相丑陋的凶狗第欧根尼，也过来向他献殷勤。

孩子们回家前的晚上，布林伯博士举办了一次聚会。保罗也乐意参加，因为弗洛伦斯会过来，他想让她看到这里的每一个人是多么喜欢他。聚会过后他会和她一起离开。整个晚上保罗都坐在沙发的一个角落里。每个人也的确对他很友好。保罗觉得这真的很特别，同时也觉得很开心。他喜欢看到弗洛伦斯优美的样子，喜欢看到别人都想与她共舞的表情，喜欢听到别人赞美她的声音。到了离开的时候，整个屋子的人都聚集到台阶上，跟小董贝和他的姐姐道别，图兹甚至为他打开马车的门，再次道别。在皮普钦太太家休息了一晚之后，小保罗就回家了，并且被直接抬到楼上他自己的床上。

“弗洛，亲爱的，”他对姐姐说，这会儿他已经在床上舒服地躺着了，“我被抬进来的时候，在客厅里的那个人是爸爸吗？”

“是的，亲爱的。”弗洛伦斯回答。

“他没哭，对不对，弗洛？他看到我的时候，有没有直接回自己房间啊？”

弗洛伦斯此刻只能摇头，她把脸埋在小保罗的脸边，亲了亲他。

“我不该去想爸爸会哭的。”小保罗低声自语，一边睡觉去了。

他很快乐地躺在床上，日复一日，颇有耐心。他满足于每天能够看到弗洛伦斯，和她聊天。他会跟她讲他的梦，讲他总是看到阳光照耀下的小河翻滚着，从而荡起一圈圈涟漪，讲小河在他面前翻滚得好快。有时候，他又仿佛置身于漂荡在水面的一条小船上，小船的晃动使他入眠，然后他便随着小船一起漂流，漂到他都看不到的遥远的彼岸。有一天，他告诉弗洛伦斯，那潺潺的水流比以往更明亮更快速，其他的什么都看不到了。

“我的孩子，你看不到你可怜的父亲吗？”董贝先生俯身向他说道。

“噢，是的，但是请不要难过，亲爱的爸爸。我很幸福，再见了，亲爱的爸爸。”过了不久，他再次睁开眼睛，说道：“弗洛，你好像妈妈，我能看到她。”“靠近我，弗洛，告诉他们，”这个垂死的孩子嘴唇翕动着，“学校楼梯边挂着的那张基督画像上的面容还不够神圣，那上面的光现在正照耀着我，那水也在闪耀着，奔跑着，好快，好快啊！”

夜晚的灯光在房间里摇曳着，但小保罗的灵魂已跟随着潺潺流水远去了，照耀基督神圣面容的光，也从遥远的彼岸照耀在他的身上。

“小妈妈”多瑞

许多年以前，人们还会因负债而入狱。有个贫穷的绅士，不幸破产，被投进了马绍尔西监狱。由于没希望还清债务，他的妻子和两个孩子也搬了进来与他一起生活。年长一些的是个三岁的小男孩，小一点的女孩只有两岁。不久后，另一个小女孩也出生了。三个孩子快乐地在庭院里玩耍，因为他们还太小，根本不知道还有其他更快乐的事。

但那个最小的孩子却是个有思想的小家伙，虽然她从未出过监狱的围墙，却总是对围墙外面的世界充满好奇。她的好朋友，监狱的看守，也是她的教父，非常喜欢她。一到她能说会走的时候，他便买了一把小圈椅放在他宿舍的火炉旁，用廉价的玩具哄她过来，让她坐在他身边。同样地，小女孩也很爱他。她经常坐在小圈椅里，玩着给洋娃娃穿衣脱衣的游戏。在她很小的时候，她便懂得了，不是每个人都生活在顶上镶着尖刺的高墙之中的，就算她和其他家庭成员能够进出那扇用大钥匙开启的门，父亲却不能。她看着父亲，幼小善良的内心升起一丝好奇的悲悯。

一天，她坐在宿舍里，透过装着栅栏的窗户，抬头凝望着天空，若有所思。那个监狱的看守，瞅着她好一会儿，说：

“在想田野，对不对？”

“田野在哪？”她问道。

“嗯，就在那儿，我亲爱的，”看守晃了晃钥匙，说道，“就在那儿。”

"有人打开又关上它了吗？它被锁起来了吗?"

"唔,"看守有点为难地说着,"也不算是。"

"它可爱吗,鲍勃?"她叫他鲍勃,因为他希望这样。

"很可爱。上面长满了鲜花,有毛茛,有雏菊,还有——"看守停顿了一下,因为有很多花他也不知其名,"还有蒲公英,还有各种各样的野物。"

"在那里会很开心吗,鲍勃?"

"绝对。"看守回答。

"爸爸去过那里吗?"

"唔,"看守咳了一声,"嗯,没错,他以前常在那儿。"

"那现在不能去了,他感到难过吗?"

"没——没有特别难过。"看守说。

"其他人也不难过吗?"她扫了一眼房间里百无聊赖的人群说道,"哦,你很确定吗,鲍勃?"

对于这个问题,鲍勃认输了,他换了个话题,说起了杏仁硬糖。但这次聊天之后,看守会在每个周日下午有空的时候,带着小多瑞去绿草地和野径上玩耍。她会去摘些野花野草带回家,他则在一旁抽着烟斗。之后他们会去茶餐厅喝喝茶,吃吃虾,或者品味其他美食,然后手拉着手回来。有时,小多瑞太累了,就会趴在他的肩上睡着了。

小多瑞年仅八岁的时候,母亲就去世了,而可怜的父亲更是比以往任何时候都无助且潦倒。范尼是个粗心的孩子,爱德华又懒惰,小多瑞是他们当中最勇敢最真诚的。无私的爱激励着她撑起这个绝望的家庭,成为了家里的"小妈妈"。同时她还努力让哥哥、姐姐还有自己能接受一点教育。

起初,这样的小孩子能做的也不过是坐在父亲的身边,静静地看着他,从而放弃那些被高墙隔绝的更欢乐的地方。但现在她成了父亲的依靠，父亲也习惯了有她在身边，一旦看不到便会想念。经由这扇小门，她的童年时光也通向了劳苦世界。

这一家在监狱呆了太长时间，人们都称老人为“马绍尔西监狱之父”，还有小多瑞，自出生起便生活在这个大家庭中，被称作“马绍尔西监狱之子”。

十三岁的时候，她已经可以阅读和记账了，也就是说，可以用文字和数字计算出他们的生活必需品所需要的花费，以及他们能够支出的花费。断断续续的几周时间里，她都尽量去外面的夜校上学，并且抽空把哥哥和姐姐也送到一间日校去念书，坚持了有三四年之久。家中没人教他们，但是她比任何人都清楚，如此潦倒的被称作“马绍尔西监狱之父”的这样一个人，是无法对他的孩子尽到父亲的责任的。

由于监狱里的学习途径过于贫乏，小多瑞便在学习中加入了自己的创意。有一次，在新来的囚犯中，有一位舞蹈大师。她的姐姐一直渴望学习舞蹈，并且似乎有点天赋。在十三岁那年，这个“马绍尔西监狱之子”手提一个小袋子，找到了舞蹈大师，道明来意，谦卑地恳求道：

“您好，我是出生在这里的，先生。”

“噢，你就是那位小女士，对吧？”舞蹈大师问道，打量着这个小身躯。

“是的，先生。”

“那我能为你做些什么呢？”舞蹈大师问。

“不是为我，先生，谢谢您！”她一边说着，一边紧张地拉开袋子的拉链，“不过，要是您在这里的这段时间，能够好心地教我姐姐，而且收费便宜一点的话就太好了。”

“我的孩子，我会免费教她的。”舞蹈大师说着，合上了她的小袋子。

他是个善良的舞蹈大师，一直遵守着他的承诺。多瑞的姐姐是个很聪颖的学生，加上舞蹈大师有充裕的时间教她，因此她有了很大的进步。舞蹈大师也的确非常自豪，希望在他离开之前，能够让范尼在几个要好的“同窗”面前表演一段（监狱里的债务人被称作“同窗”）。因此在某个晴朗的早晨，六点整，一场表演在院子里举行了（监狱的房间太小，不适合作为表演场所）。院子的大部分地面都派上了用场，连台阶上都站满了人。那位舞蹈大师只得不停地在一旁拉着他的小提琴，表演结束时，他已精疲力竭。

这一成功的开始，促使舞蹈大师获释后继续从事他的教学，引导穷苦的孩子继续去尝试。小多瑞在狱中对女裁缝翘首期待了数月，终于在适当的时机，盼来了一个女帽制造商。她与监狱里的其他人一样，无力偿还债务，便被送了进来。小多瑞去找了女帽制造商，这次是为了她自己。

“对不起，夫人，”她说着，一脸胆怯地站在女帽制造商的门口，发现女帽制造商满脸泪水，躺在床上，“我是在这里出生的。”

似乎每一个人进来的时候就已经听说了小多瑞。女帽制造商起身端坐在床上，擦干了眼泪，说了一句和舞蹈大师一样的话：

“噢，你就是那个孩子，对吧？”

“是的，夫人。”

“很抱歉，我没给你准备任何东西。”女帽制造商摇着头说道。

“不是这样的，夫人。如果可以的话，我想跟您学做针线活。”

“你为什么想要跟我学？”女帽制造商回复，“这对我也没有多大好处。”

“不管何事，对于来到这里的人们来说，都没什么好处，”她用自己简单的方式回答道，“但我只是想学，不为好处。”

“恐怕你太柔弱了，你自己瞧瞧。”女帽制造商反驳道。

“我不认为自己很柔弱，夫人。”

“而且，你看，你真的还非常、非常小。”女帽制造商继续反驳。

“没错，恐怕我真的很小，”这个“马绍尔西监狱之子”回复道，并开始因为自己的年幼而抽泣起来，年幼的这个事实总是妨碍着她。那个女帽制造商并不是个无情冷酷的人，她被小多瑞打动了，耐心地手把手地教她。她发现多瑞是个最有耐心、最认真的学生。很快，多瑞就成了一个优秀的缝纫女工。

随着时间的推移，这个“马绍尔西监狱之父”逐渐改变了性格。对于靠两个女儿工作来维持生活这事，他觉得非常愧疚。他试图让她们看起来只是为了乐趣而工作，而非为了生活。与此同时，他乐意接受任何人的施舍，并且毫无羞耻感。半小时前，他还在因为女儿们自食其力的事而老泪纵横，用手擦去脸颊上的泪水，半小时后，他便用那只擦眼泪的手安心地接过狱友的半克朗，放进口袋。因此，除了日常的生活照顾之外，这个“马绍尔西监狱之子”便一直在父亲面前表现出她们都是懒惰的乞丐的假象。

姐姐范尼成了一名舞蹈者。家族中有一位潦倒的叔叔，他是被兄长，即“马绍尔西监狱之父”拖垮的。他不知兄长究竟做了什么从而让自己沦落到此种地步，他只能接受事实，用以安慰自己。理所当然的，一个退休的生活简单的老人，是不会感觉到有不幸降临的。当灾难降临时，打击力度之大，使他穷尽浑身解数也无济于事。以前，他是个相当贫穷的音乐家，被兄长拖累之后，他便在一个又小又脏的戏院里吹单簧管来维持生计。他的侄女范尼也在那家戏院工作。在范尼去那儿工作之前，他已在戏院很久了。他承担了侄女监护人的任务，就像他也会接受疾病，接受遗产，接受盛宴，接受挨饿，接受一切那般，除了拍马屁。

为了能够赚到每周的几先令，“马绍尔西监狱之子”得好好计划，以便在父亲面前更好地掩饰。

“范尼刚刚决定不和我们住一起了，爸爸。白天她会常在这里，但是她要住在外面，和叔叔一起。”

“这太令人吃惊了。为什么？”

“我觉得叔叔想要有人陪伴，爸爸。他需要照料。”

“要人陪伴？他在这儿度过了大半时间。你对他悉心照料了，多瑞，但你姐姐绝不会做到的。你们都离开我，离开我吧。”

这便是多瑞为了不让他知道自己白天出去工作而设计的借口。

“但我们都一直乐意回家的，爸爸，现在不就是吗？至于范尼，或许除了陪伴照顾叔叔之外，不经常住在这里对她也是有好处的。她不像我是出生在这里的，爸爸。”

“好了，多瑞，好了。我不是很明白你的意思，但我觉得范尼应该更想呆在外面，这也很自然，甚至是你，你也该多多去外面。所以说，你、范尼，还有你们的叔叔，都应该按照自己的方式去生活。很好，很好，我不会干涉的，真的不用介意我。”

对小多瑞来说，最难的就是把哥哥弄出监狱，让他不再做替囚犯跑腿的工作，并且远离他结交的一些坏同伴。十八岁的时候，她的哥哥爱德华已经能够勉强糊口了，从每一小时、每一分钱开始努力。他并未从进监狱的那群人身上获得有用的东西，小多瑞找不到他的赞助人，只能寻求她的老朋友兼教父——监狱的看守帮忙了。

“亲爱的鲍勃，”她说，“可怜的提普接下来要怎么办呢？”他的名字叫爱德华，然而进入监狱后，名字便被改成了提普。

对于可怜的提普接下来要怎么办的问题，看守有着自己强烈的看法。迄今为止，他甚至想过让提普参军，因此他去找了提普谈话，试图说服他离开这里，服务祖国。然而提普向他表示了感谢，并且道明了他不在乎国家的事。

“那么，亲爱的，”看守说道，“我们必须为他做点什么了。要不我试试让他进法律事务所？”

“你真是太好了，鲍勃！”

接下来，看守便开始与在监狱里进进出出的律师们交涉。他态度坚决，强烈要求在克利福德酒店的某个律师事务所里，必须为提普留个位置，并且一周至少有十二先令的工资。

提普在克利福德酒店懒散地做了六个月。某个夜晚，他悠悠地回来了，双手插在口袋里，并且告诉妹妹他不会再回去了。

“不回去了？”那个可怜的“马绍尔西监狱之子”焦虑地问道，她一直都将提普的事放在自己的事前面去打算。

“我真的很厌倦这份工作，”提普说，“所以我不干了。”

提普讨厌做任何事，他只在马绍尔西监狱里闲逛，或者帮别人跑跑腿。他的“小继母”在她忠实朋友的帮助下，为他安排了工作，开始是去仓库，接着是蔬菜农场、短途贸易、法律事务所、拍卖所、啤酒厂、股票经纪所、法律事务所，再到培训事务所、货物运输事务所、法律事务所、日用品杂货店、酿酒厂、法律事务所，以及羊毛厂、纺织品销售店、鱼类市场、国际水果贸易，最终是码头。但无论提普到哪里，结果都一样。他会说自己厌倦了，然后不干了。不管他走到哪儿，这个无用的提普似乎都与监狱无形的墙壁在一起，并且将自己包围在墙壁之内，用一种粗烂、漫无目的、潦草的方式游荡在这狭窄的空间里，直到马绍尔西监狱那固定的有形的墙壁宣告它们的力量更胜一筹，然后将他带了回来。

然而，这个勇敢的小生命坚定决心要挽救哥哥。在他经历种种悲哀的转变时，她省吃俭用，终于存够了让他去加拿大的钱。他厌倦了无所事事，欣然答应了去加拿大。在内心深处，她依旧不舍与哥哥分离，同时也希望他最终能够走上正途。

“愿上帝保佑你，亲爱的提普。要是你交了好运，别忘了回来看看我们。”

“好的！”提普说完就走了。

可他没有直奔加拿大，事实上，他只到了利物浦。自他从港口离开伦敦那时起，他便发现内心一直有股力量在驱使他结束这段旅程，因此他下定决心又走了回来。一个月的奔波之后，他出现在她面前，光着脚丫，衣衫褴褛，疲惫不堪。

最后，又过了一段跑腿的日子，他找到了自己的人生追求，并且向大家宣布。

“多瑞，我得到了一份工作。”

“你说的是真的吗，提普？”

“没错。我现在会认真工作的。你不用再为我担心了，老女孩。”

“什么工作，提普？”

“嗯，你知道斯林格这个人吗？”

“不是人们一直说的那个商人吧？”

“就是他。他星期一会出差，而且他答应给我一份差事。”

“他做的是什么生意，提普？”

“马匹生意。好了，我会努力的，多瑞。”

之后的几个月，他都消失在她的视线里，而且只来过一次信。谣言在年老的囚犯之间传开，说有人看到他在尔菲尔兹的仿制品拍卖会上假装购买镀银制品，并且慷慨付款。但消息并未传到多瑞的耳朵里。一天夜晚，她还在工作，独自一人。她站在窗边，怜惜着在墙上缓慢消失的暮光，突然，他推开门，走了进来。

她亲了亲他，表示欢迎，却害怕问他任何问题。他看出她有多焦虑多胆怯，也似乎对此表示抱歉。

“多瑞，我恐怕这次你会很生气。说句天地良心的话，我也对自己不满！”

“我很抱歉听你说这些，提普。你真的回来了？”

“嗯，当然。”

“这次我也没期待你能给我一个很好的解释，所以也不会像之前那样吃惊难过，提普。”

“啊！但这还不是最糟糕的！”

“还不是最糟的？”

“别那么震惊。是的，多瑞，还不是最糟的。正如你所见，我已经回来了，但是——别那么震惊——我是以一种新的身份回来的。总而言之，我退出了志愿者团队，现在是‘正规军’①中的一员。我也因债入狱了，像其他人一样。”

“噢！不要告诉我你是个囚犯，提普！不，不要！”

“好吧，我也不想这样说，”他用一种不情愿的语气回复道，“不过如果我不说你就不能理解的话，那我该怎么办？我是因为欠了四十英镑零钱才入狱的。”

这么些年来，对于长久的付出，她第一次感到了疲倦。她哭了，双手紧握举过头顶。她明白要是父亲知道了这一消息，肯定会伤心欲绝的。

对于提普来说，让多瑞恢复状态不难；可对于多瑞来说，让提普明白如果父亲知道真相必定会心神不定，失去控制，那么恢复起来更困难些。提普觉得成为一个囚犯没什么好大惊小怪的，但他还是同意了对父亲隐瞒真相。至于他的归来，有大把的理由可用。他选了一个最平常的理由向父亲解释，那些同窗们对此也深信不疑，虽然他们对这种欺骗的话心知肚明。

这就是“马绍尔西监狱之子”二十二年来的生活。对那个作为她出生地和家的悲惨的庭院和街区，她一直都有着深深的芥蒂。此刻她正来来回回地徘徊着，畏缩不前，身上散发出一种知性女人的气质。自从开始在监狱外工作，她就觉得有必要隐藏她的住处，尽量独自来回于那个自由城市和铁门之间，且从不在外过夜。她最初的胆怯在遮遮掩掩中成长，她轻柔的脚步和娇小的身躯总是尽量避开街

① 这里指因犯罪而被正式判刑，意指囚犯。

道上那些从她身边经过的拥挤的人群。

在世俗事务的处理上，她是聪明的。除此之外，她是个天真的人，是个处于迷雾中的天真的女孩。透过迷雾，她看到了父亲、监狱，以及那条川流不息的黑暗小河。

这就是小多瑞的人生，直到克伦南姆太太的儿子对这个柔弱但有耐心的小家伙产生了兴趣。多瑞曾在克伦南姆太太家做过针线活。有一天，克伦南姆太太的儿子尾随着多瑞回家，发现她竟住在负债人的监狱里。他走了进去，从多瑞的父亲那儿了解了她凄惨的生活过往，便下定决心尽其所能将她父亲从监狱里解救出来，并帮助他们全家。

一天，克伦南姆先生正和小多瑞散步回家，途中，他试图了解多瑞父亲欠债人的姓名。这时他们听到一个声音在呼喊着“小妈妈，小妈妈”，一个长相奇怪的家伙朝他们冲了过来，摔倒了，打翻了她的篮子，土豆散落了一地。“哦，马吉，”多瑞说道，“你真是个笨拙的孩子！”

马吉看起来介于八岁和二十岁之间，体格硕大，相貌突出，大手大脚，大眼睛，光头。多瑞告诉克伦南姆先生，马吉是她老保姆的外孙女。老保姆已经去世很久了。以前老保姆对马吉很不好，经常打她。

“马吉十岁的时候发了一次高烧，从那之后就再也不长了。”

“十岁，”马吉说道，“但那是个多好的医院啊！很舒服，不是吗？真是个可爱的地方！那些床！那些柠檬！那些橘子！那些美味的肉汤和酒！那些鸡肉！啊，真是个值得停留的好地方！”

“可怜的马吉以为医院是世界上最美好的地方，因为她从未体验过家的温暖。年复一年，她每每回忆起医院，都将那里当作人间天堂。”

“当她从医院出来之后，她的祖母不知该如何安置她，于是对她更不好了。但一段时间以后，马吉努力改进自己，很用心也很勤勉，现在她已经完全可以自食其力了，先生！”

多瑞没有说是谁不厌其烦地教导和鼓励这个可怜的智障孩子的，但从“小妈妈”这个称呼以及小家伙对多瑞的喜爱中，克伦南姆先生便能够猜出几分答案。

某个寒冷又潮湿的夜晚，多瑞和马吉到克伦南姆先生的家去，为感谢他帮助爱德华从监狱里释放出来。出来的时候，时间太晚了，大门已经锁上，回不去了。她们试着到马吉的住处去，虽然她们敲了两次门，可人们已熟睡，无人应门。多瑞不想打扰他们，于是她们就在外面漫步了一整夜，时不时地在监狱的门口坐一会儿。马吉瑟瑟发抖，呜咽着哭了起来。

“很快就好了，亲爱的。”多瑞耐心地说。

“噢，因为有你，这一切都会好的，妈妈。”马吉说道，“我只是个可怜的人儿，才十岁而已。”

感谢克伦南姆先生，让这个家庭的机遇发生了很大的变化。在这凄凉的一夜后不久，人们发现多瑞先生原来拥有一大笔财产，他们变得很富有了。

但小多瑞并没有像家里其他人那样，忘记那些在他们穷苦时候善待他们的朋友。后来当克伦南姆先生成了马绍尔西监狱的一名囚犯的时候，小多瑞反过来去安慰他。在命运的多次辗转之后，她成了他的妻子，从此过着幸福的生活。

凯韦斯太太的骄傲

这真是个看上去很古怪的家庭！他们都在因为什么而悲痛呢？

这是凯韦斯太太，这些有趣的小姑娘是她的女儿们。现在让我们来看看他们悲痛的起因究竟是什么。

凯韦斯太太是一个象牙工匠的妻子。虽然他们住在一条小街上，屋子看起来昏暗肮脏，只有两间简陋的房间，但他们却有着"上流社会"的骄傲，凯韦斯太太是左邻右舍羡慕的对象。凯韦斯小姐们都有着一头亚麻色的头发，绑成了马尾辫，辫子上扎着蓝丝带。她们都穿着白色的小裤子，脚踝处装饰着花边，这是那个时候最流行的装饰了。除了穿着如此高雅之外，两个年长些的姑娘还每周去两次舞蹈学校。凯韦斯太太有一个征收税费的叔叔，因此她也被看做是一个成功人士，一个有品位的贵妇。今天是凯韦斯先生和太太的结婚八周年纪念日，他们决定邀请一群朋友共进晚餐，以示庆祝。四个较大的孩子被允许上桌吃饭。那位叔叔，税费征收员，李立维克先生，也表示要来。最小的那个婴儿被安置在一个小房间的床上，房间是从其中的一个女宾客那里借来的，另外他们还雇了一个小女孩来照看婴儿。凯韦斯太太，身着漂亮的新礼服，精神饱满地迎接她的客人。所有宾客都到齐了，这时，门铃响了，莫利纳跑着去开门，迎来了她高贵且伟大的舅公。莫利纳这个名字是凯韦斯太太特意为小女孩取的。接着，晚餐便端上了桌，聚会开始了。

晚餐包括一对水煮鸡，一大片猪肉，土豆和绿色蔬菜，以及一个苹果派。大家都极其享受这顿饭。

每个人都吃饱喝足了，桌上食物也被一扫而光了。李立维克先生占据了火炉旁的那把扶手椅，四个小姑娘在宾客前面的小长凳上并排坐下，人们可以看到她们亚麻色的马尾辫。突然，凯韦斯太太泪水迸发，呜咽着说：

“她们真的太漂亮了！”

“噢，亲爱的，”所有的女士们都说，“她们的确很漂亮，你当然应该为她们感到骄傲，但千万别失去控制，不要！”

“我实在控制不住，不过没关系，”凯韦斯太太继续抽泣着，“噢！她们实在是太美了，天妒红颜啊。”

听到这惨淡的预言，四个小女孩都尖叫了起来，摆动着她们淡亚麻色的辫子，然后向母亲冲来，把头埋进母亲的腿上。凯韦斯太太把她们紧紧拥在怀里，就像你在画上所看到的那样！

最终，她得到了安慰，孩子们也平静了下来。在场的女士们和先生们都表示，他们确信这四个小女孩会长命百岁，她们的母亲是绝不会有机会伤悲的。因为这些孩子并没有可爱到非凡的地步，这才是真实的情况。

然后李立维克先生和宾客们聊起了他侄女的婚姻。他优雅地说，他一直都认为凯韦斯先生是非常诚实、彬彬有礼、正直、值得尊敬的那类人，说着还同凯韦斯先生握了手。接着莫利纳和她的姐妹们都过来亲了亲她们的舅公以及大部分的宾客。

派托克小姐是一个做作的消防员的女儿。消防员空闲时，常去演哑剧。派托克的诵唱也常常弄得凯韦斯太太泪流不止。这时，她说：

“哦，亲爱的凯韦斯太太，趁着诺格斯先生还在调用来庆祝幸福的宾治酒，就让莫利纳在李立维克先生面前排练一段舞蹈吧。”

“不，不，我亲爱的，”凯韦斯太太回复道，“这只会让叔叔厌烦。”

“我敢保证，这绝不可能是种折磨。”派托克小姐说道，“你会非常乐意的，是吧，先生？”

“我当然很乐意。”征收员回答，瞥了一眼调酒师。

“那好吧，”凯韦斯太太说，“我来告诉你们莫利纳会跳哪支舞，要是叔叔能够说服派托克小姐随后为我们背诵一段《嗜血者的葬礼》的话。”

对于这个提议，每个人都鼓掌跺脚表示赞同，可派托克小姐却说：“你知道的，我不喜欢在私人聚会上做任何专业的事。”

“哦，不要这样，”凯韦斯太太说道，“我们可都是非常友好且和蔼的。除了这个场合，你还不是要在自己的小房间里排练。”

“我无法再抵抗了，”派托克小姐插话说，“个人的力量单薄啊。我会乐意表演的。”

事实上，凯韦斯太太和派托克小姐已经事先安排好了所有的娱乐项目，只是故意给对方施加一点压力，让事情看上去更自然一些。接着，派托克小姐便哼起了调，莫利纳跳起了舞。她的鞋底被小心地涂上了白粉，好像她要在绷紧的绳索上行走一样。这是个非常美丽的身影，舞蹈动作优美，莫利纳因此赢得了阵阵掌声。派托克小姐评论说，要是她有一个这样的孩子，她会立刻让她去演话剧。派托克小姐被请求开始她的朗诵，她把头发放下，披散着，精神饱满地开始了她的表演。最后在疯狂的状态下，“死在”了一个单身男宾客的怀里。这个男宾客在她朗诵到“生存期满”的时候冲了出来，接住了她。观众们极其愉悦，小凯韦斯们却陷入恐慌，她们几乎被惊吓得全身痉挛。

诺格斯先生正要说宾治酒准备好了，此时，一阵敲门声响起，让大家都吓了一跳。凯韦斯太太尖叫了一声，认为一定是隔壁的婴儿从床上掉了下来。但敲门的是诺格斯先生的一个朋友，他住在楼上，下来只是为了告诉诺格斯先生有两个长相奇怪、满身泥水的人找他。

诺格斯先生匆匆出去了，同时还表示他很快就回来。不久他又冲了进来，抓起一根蜡烛和一杯宾治酒，飞奔而去，留下一群受了惊吓的人们。

不幸的是，这杯酒正是李立维克先生要送往嘴边的那杯。这个富有的亲戚，这个有权决定莫利纳和她的姐妹们能否成为继承人的伟大人物，这个人人都渴望巴结的人物，就这样被得罪了。

可怜的凯韦斯先生竭力去安抚李立维克先生，却适得其反，因为他说他不认为这样一件小事会让李立维克先生发火。李立维克先生吩咐拿帽子走人，只是因为凯韦斯太太啜泣的眼泪，以及其他所有人的恳求，他才留了下来。

“你过来，凯韦斯，”李立维克先生说，“让我告诉你我有多生气。不过就算我今天二话不说就走了，也不会影响我死后留给你的孩子们的遗产数额。”

“莫利纳·凯韦斯，”母亲叫喊着，“赶紧在你亲爱的舅公面前跪下，并且请求他终生都爱你们。正如我经常所说的，他超越了人类，简直就是一个天使。”

正当一切都恢复和谐的时候，每一个人都被一阵急速、响亮且刺耳的尖叫声吓到了。这声音持续不断，显然来自宝宝熟睡的那个房间。凯韦斯太太立刻想到，一定是有只怪猫进了房间，堵住了宝宝的呼吸，而那个看护的小女孩又睡着了。她往门口冲去，一路凄惨地叫着：

“我的宝贝，我的亲亲宝贝！我最亲爱的、甜美的、天真的小李立维克！让我过去……”

凯韦斯先生也冲了出去，在卧室的门口迎面碰上一个年轻人，怀里倒提着小婴儿。他走得太快，将凯韦斯先生撞倒在地。他把婴儿递给他的母亲，说着：“不要惊慌，一切都结束了。我猜那个看护的小女孩是累得睡着了，跌倒后头发着了火。我听见她的哭喊声就及时赶了过去，防止火苗蹿向别的东西。孩子没受伤，我亲自将他从床上抱起，带来这里让你们检查一下。”

大家都非常感激这个年轻人，邀请他加入聚会，但他婉言谢绝了。他说自己刚结束一段非常疲倦的旅程，现在只希望回到朋友诺格斯那里。

人们聊完了这最后的插曲，讨论了小李立维克的救命恩人，这时，税费征收员拿出手表看了看，宣布时间已将近两点了。可怜的孩子们已经困得必须用小手指揉着眼睛才能让它们保持睁开的状态。宾客们动身离开，说着这是他们度过的最愉快的一个夜晚，以及他们甚至希望凯韦斯先生和太太每周都过一个结婚纪念日，诸如此类的话。而凯韦斯先生和太太则沉浸在聚会成功的喜悦之中，他们对每个宾客的光临都表示感谢，希望他们的确过得愉快，哪怕实际只有他们自称的一半。

向往幸福的流浪

这座宅子是一间古董陈列所，它蜷缩在小镇一个偏僻的角落里。在这古老、昏暗、阴郁的屋子里，住着一个老人和一个孩子。孩子是老人的孙女，名叫小内尔。小内尔的生活孤独而单调，但她有着天真和乐观的精神，能够从一切事情中寻求快乐，即便是穿梭在古董店那些昏暗的房间里，小内尔也总是一边唱着歌，一边迈着轻快的脚步。

然而渐渐地，在小内尔深深依恋的祖父身上，发生了一些令人悲哀的变化。他变得多虑、情绪低落、悲观沮丧。每个夜晚，他都不眠不休，白天就躺在他的安乐椅上，晚上便整夜地离家外出。对孩子来说，祖父对她的爱似乎并未减少，即使在她的心中隐藏着深深的悲痛，因为她看到祖父精神崩溃。看着他满心悲伤，小内尔却不知他为何悲伤。看着他被内心的痛苦折磨得日渐憔悴，她柔弱的精神也倍感重负，有时觉得仿佛心都碎了。

终于，老人虚弱的身体再也无法承受他内心的忧虑。一场来势凶猛的热病将他袭倒了，他一连躺了好几个星期，神志不清、意识模糊。小内尔察觉到，这座为他们遮风挡雨的屋子不再属于他们了，将来他们会非常贫穷，甚至食不果腹。

最终，老人的身体开始恢复，但他的意识却受到了损害。

他会连着几个小时都坐在那儿，握着小内尔的小手，玩着她的小手指，有时还会停下来去抚平她的头发，或亲亲她的眉毛。当看到小内尔的眼睛里闪烁着泪光，他会表现出一脸惊骇的表情。他们要离开这座宅子的日子越来越近了，但他似乎仍无心寻找另一个安身之处。他模糊地意识到，这个孩子孤苦伶仃，需要帮助。不过，他似乎还是没能清楚地认识到他们此刻真实的处境。某个夜晚，就在他和小内尔一起静静地坐着的时候，变化在他身上发生了。

“我们小点声说，内尔，”他说，“嘘！要是他们知道我们的目的，肯定会说我疯了，然后把你从我身边带走的。我们明天就不住在这里了。我们去徒步旅行，穿越田野和树林。相信自己，我们终会到达上帝居住的地方。明天早上，亲爱的，我们将一改悲伤的面容，从这里走出去，像鸟儿般自由和快乐。”

孩子激动得心跳加速，对未来充满了信心与希望。她没考虑到饥饿、寒冷、干渴和苦难。对她来说，只要他们在一起，无论到哪儿，他们都像在幸福中串门一样。

天刚蒙蒙亮时，他们就溜出了宅子，穿过街道，停了下来。

“往哪儿走?”孩子问道。

老人踌躇不定，无助地看着小内尔，摇了摇头。很明显，从那时起，她已经成了他的引导者和指路人了。孩子觉察到了这一点，于是就拉着他的手，轻轻地离开了，没有半分犹豫和疑虑。从这座还在熟睡的城市出发，这两个可怜的探险者，开始了流浪，即使他们也不知道前方在哪。

他们在清晨灿烂的阳光中，穿过长长的、荒芜的街道，直到身后的街道越来越细，直到开阔的村庄展现在他们的面前。他们走了一整天，晚上在一个小村庄栖宿，那儿的床是专门为旅行者准备的。太阳升起，他们开始了第二天的旅程。他们沿着一条从教堂通往镇上的小路行走，他们打算在那个镇上过夜。正当他们疲惫不堪、筋疲力尽时，他们遇上了两个流浪艺人，木偶戏《潘齐和朱迪》的表演者，他们正前往邻镇参加比赛。第二天，他们与这两个人一同上路了。

他们跟着新伙伴走了两天长长的旅程，穿过多个村庄和小镇，偶然碰上了两个踩着高跷的年轻人，碰巧也是去参加邻镇的比赛的。对小内尔来说，这两个人行为粗鲁且古怪，不过也很友善。比赛的场面骚动、混乱，这是小内尔从未见识过的。在如此的喧嚣和混乱中，小内尔试着售卖一些用来装饰的小花束。小内尔本指望着依靠这两个人作为保护，却发现这些人开始怀疑她和祖父是偷偷逃离家中的，并对他们有所警惕，想在适当的时候把他们送回去。与祖父分开是小内尔最最惧怕的事情。如果他们被发现了（孩子是这样想的），那么人们肯定会把祖父关在不见天日的地方，说他疯了，并且再也不让他们相见。于是她抓住机会，躲开那两个人的监视，抓着祖父的手，一起逃走了。

那天晚上，他们来到了一个位于多林木山谷的小村庄。村庄的学校校长是个善良温和的绅士。他同情他们疲劳的身体，且被孩子的甜美与谦和所吸引，于是就给他们提供了一夜的住宿，两天之后也并未将他们赶走。

到了该继续往前流浪的时候了，他们再次踏上了旅程。走在乡间迷人的小道上，他们看着鸟儿在枝头栖息，听着它们叽叽喳喳叫个不停；欣赏着那些划破静谧的乡野歌声，内心平静而安详。走着走着，他们走上了一条长长的、蜿蜒的道路，这条道路无限地向远方蔓延。虽然他们还在继续前行，但脚步却相当缓慢，因为他们此刻已经非常疲倦、虚弱无力了。临近黄昏的时候，他们碰到了一个停在路边的大篷车队。那是一座架在车轮上的精巧的小房子，门口坐着一个结实的妇女，正安逸地喝着茶。茶具摆放在一只鼓上，用一张白色餐巾纸罩着。就在那儿，在那个世界上最方便的桌子旁边，这个流浪的女人喝着茶，欣赏着乡野风景。小内尔壮起胆子，向那个结实的女人询问这里离最近的镇子还有多远。这个女人也非常好心，她注意到这个累坏了的小女孩听到前面还有八英里的路程时几乎不能压制住眼泪。女人不仅赠与他们茶水，还邀请他们加入了车队。

这个大篷车队中的女人是一个蜡像戏班的老板，名叫乍莱太太。乍莱太太也被小内尔温和的外表、优雅的举止吸引了，就像那个贫穷的乡村学校校长一样。她给小内尔提供了一份工作，那就是给前来看戏的人们指明戏中的人物角色。报酬是给她和祖父提供膳食与住宿，以及一些小钱。小内尔极其感激地接受了。她，还有那个贫穷、茫然、慈爱的老祖父，一度过上了宁静的生活，甚至称得上是幸福了。

但更大的不幸即将来临。一个假日的夜晚，小内尔和祖父出去散步。一场雷阵雨凶猛来袭，他们不得不找一个地方躲雨。他们来到了一个小酒吧，里面有一些样貌阴险又凶恶的家伙在打牌。祖父饶有兴致地看着他们，并且越来越兴奋，最后他的整个脸庞都完全变了。他面色通红，牙关紧咬，一只颤抖的手强行抓住了小内尔的小钱包。不顾小内尔的苦苦哀求，他疯狂地加入了牌局，带着一种野蛮的赢钱的欲望。这个痛苦、惊慌的小女孩，此刻宁愿看到祖父死去，也不愿看到现在这种情形。牌局结束时，夜色已浓，他们不得不在那里一直待到早上。那天夜里，小女孩睡不安稳，醒来了，却在房间里发现了一个身影。那个身影正忙着把手伸进她的衣服，脸却转向她这边看着，看看小女孩是否醒来。那个人正是她的祖父，他苍白的面容因贪婪而扭曲，变得尖锐起来，眼睛散发出不自然的光亮。他在数着手里这些从小内尔那儿抢来的钱。

从那夜之后，一夜又一夜，这个老男人都会溜出去赌博，直至夜色将尽才归，归来后便放肆地向小内尔要钱。最后，小内尔无意中听到，他竟然要抢劫乍莱太太，以获得更多的钱来填饱他内心极度的欲望。这欲望已深深控制了他，他虚弱的身体已无力反抗。

那天夜里，小女孩抓着祖父的手，领着他继续向前旅行。他们哆嗦的脚步快速穿过镇上笔直的街道和市郊狭窄的小路。孩子心中只有一个信念：他们要远离耻辱和罪恶，祖父的存活只能依靠她的坚定，不需要任何建议和帮助。老人就这样跟着她，仿佛她就是上天派来的天使，引导他前往他们要去的地方。

他们流浪旅程中最艰难的部分已近在眼前了。那天晚上他们在野外露宿，第二天清晨，有人用驳船载着他们驶了很长一段路。这些人，虽说算不上无情，却非常粗俗、吵闹。醉酒后，他们会肆无忌惮地争吵。这些对于小内尔来说，都是不可言状的恐惧。天又下起了瓢泼大雨，小内尔浑身又湿又冷。最终他们到达了驳船的目的地，一个大城市。在城里，他们四处徘徊，身无分文，看着那些过路人的脸庞，想要从中找到一丝鼓励或希望。身心俱疲的小女孩需要极大的坚定与决心才能支撑下去。

那天晚上他们露宿街头，第二天也是如此。一条廉价的面包就是他们那天所有的吃食。第三天早晨，小女孩已经相当虚弱了，但她没有任何抱怨。这座巨大的工业城市包围着他们，仿佛要吞噬掉他们的一切希望。他们昏弱无力，城市的街道已让他们不能忍受。小内尔艰难地熬过了白天剩下的时光，为了到达乡村，她强迫自己继续赶路。夜幕降临，他们拖曳着身体走过最后一条街道。小内尔觉得时间在手边停止了，她衰弱的身体再也无法承受下去。看到一个路人在他们面前走过，女孩内心燃起一丝希望，她抢在祖父之前，用短促又虚弱的话语，寻求陌生人的帮助。陌生人转过了头，女孩双手合十，发出一声尖叫，随即在他的脚边失去了知觉。这个过客正是之前对他们很好的乡村学校校长。

此时，小内尔疲倦的流浪生涯就要结束了。这个好人将女孩抱在怀里，并且很快将她带到了附近的一个小旅店。她被轻轻地放在床上，之后医生也迅速赶来了。那个学校校长当时正在前往新家的路上。小女孩总算从虚脱中苏醒了过来，校长决定安排她和她的祖父一起去他要去的那个村庄，然后努力帮他们找到一份低下的工作，用以维持生活。

那是一个隐蔽的小村庄，却有着小内尔喜爱的宁静的乡村景色。

而且在这里，她的祖父终于稳定了下来，得到了休息，她的内心也得到了极大的平静。小内尔常常溜进教堂，坐在那些刻在石棺上的安静的塑像中间，想象着即将到来的夏日和灿烂的春光；想象着洒落的阳光斜斜地照射在沉睡的塑像上；想象着鸟儿的歌声，以及渗透进教堂的甜甜的空气。或许是这个地方唤起了小内尔对死亡的思考吧，在这样的景色与歌声中，沉睡着死去应该不会感到痛苦吧。小内尔永远休息的时间在一点点逼近。她从不低声抱怨，只是如夏夜的一缕光亮，慢慢淡去，生命消逝。日复一日，心碎的祖父万念俱灰，整天坐在小内尔的墓旁，拿着她曾经用过的草帽和小篮子，静静地等着，等着她回到自己的身边。最后，人们发现老人趴在石碑上，也离去了。在那个他们经常手拉着手祈祷、沉思、盘桓的教堂里，小女孩和她的祖父永远地安息了。

小裁缝珍妮

很多年前的一个假日，一位绅士进入城里，跑上邻近圣玛丽·埃克斯教堂的一所高宅的台阶。宅子里有矮窗的房间是账房，房里拉着窗帘，与宅子整个正面的情况一样。

绅士敲了几次门，又按了几次门铃，最终一位老人开了门。“你干什么去了？没听到我敲门吗？”弗雷基百先生火爆地问道。

“我到房顶上透透气了，先生。”老人谦卑地说，“今天是假日，您想要什么呢，先生？”

“哼！的确是假期。”主人嘟囔着。他是个玩具商，兼卖些其他东西。接着他在账房坐下，交给老人一些玩偶服装的说明，他就是为这事来的。这位老人是犹太人，名叫利尔。当老人起身要走的时候，主人又大声问道：

“顺便提一句，你是怎么透气的？把头伸出烟囱外？”

“不是的，先生。我在屋顶上弄了个小花园。”

“带我去看看。”弗雷基百先生说。

“先生，我有些伙伴在那里。”利尔回复道，略带犹豫，“你愿意上去看看他们吗？”

弗雷基百先生点了点头。老人弯着腰带主人前行，他在前面带路，爬上一层一层的阶梯，直到屋顶。两个女孩坐在地毯上，倚靠着烟囱，正低着头看书。烟囱周围有一些训练有素、温顺的爬行动物。屋顶四周摆放着常绿植物，还有几本书，一篮子色彩绚丽的剪纸，少量的金属箔，附近还摆放着一些常见的印刷品。一看到利尔带来了访客，其中一个女孩便起身站了起来，另一个却说道："我是住在楼下的，但不管你是谁，我都不能起身，因为我的背不好，而且我的腿也是畸形的。"

"这是我的主人。"利尔对着两个女孩说道，"而这位，"他转向弗雷基百先生补充道，"是珍妮·雷恩小姐，她就住在这座房子里，是一位聪明的小裁缝，专为小玩偶做衣裳。另外一位是她的朋友莉齐。"利尔继续介绍着第二位女孩，"她们都是好姑娘，也都很忙。闲暇时，她们便会上来看看书，学习学习。"

"我们很高兴来这里休息，先生。"莉齐说着，用感激的眼神望向老人，"没人可以理解来这里休息对于我们的意义。"

"哼！"弗雷基百先生环顾四周，"哼！"他极其惊讶。很显然，除了那个词，他一时找不出合适的言语来表达。他下去的时候，那些套着黑色通风帽的老烟囱仿佛也转过身，目送他离去，就好像它们也在说"哼"。

莉齐，两个女孩中较为年长的一个，生得健康又秀美，而她倍加关爱和呵护的小珍妮·雷恩，却长得瘦小，而且身体残疾。不过她拥有美丽的脸庞和世界上最长最可爱的金发。长发垂在她身上，似一件闪亮卷曲的斗篷，仿佛是为了用来遮掩那瘦弱畸形的小身躯的。

犹太人利尔和莉齐一样，对珍妮·雷恩一直都温柔友善。珍妮·雷尔称利尔为自己的教父。她有父亲，和她同住在小陋室里，但她把父亲称作孩子，因为他是个脾气暴躁、经常酗酒又不中用的老男人。可怜的女孩不得不照顾着他，还要挣钱养活他们俩人。她受尽了苦难，只因她那可怜的小弯背经常疼得厉害，而且不间歇的工作也使她疲惫不堪。但这个勇敢的孩子极少抱怨她艰苦的生活，只有独自一人，或是和朋友莉齐在一起时，她才会嘟哝两句。莉齐时常带点活计给她，然后就在她的房间坐一会儿。有时，两个小姑娘会去时尚大街逛逛(珍妮就用拐杖撑着自己),去瞅瞅有钱人是如何穿着的。她们一边走着,珍妮一边跟她的朋友讲述她独自坐着工作时脑袋里萌发的奇思幻想。“我想着鸟儿,想着想着就能听到它们鸣唱的声音了,”有一天珍妮说,“想着花儿,就仿佛闻到了花香。哦！还有那些美丽的孩子们,在清晨向我走来。他们与其他孩子完全不同,也不像我。他们从不感到寒冷,焦虑,疲倦,或是饥饿,抑或是痛苦。他们成群结队地走来,组成了长长的斜排,每个人都身穿白色衣服,头顶散发着光芒。‘深陷痛苦的这位是谁呀?’他们说着便蜂拥而至,围着我,然后将我举在他们的臂膀上。我感到身体很轻盈,疼痛也烟消云散了。我知道他们是远道而来的,当我听见他们说‘深陷痛苦的这位是谁呀’,我便回答了:‘哦,我神圣的孩子们,那就是可怜的我啊！可怜可怜我吧,将我举起,疼痛便会消失了。’”

她们回到家中,莉齐坐在珍妮身边,抚摸梳理着珍妮那美丽的长发。这个疲倦的小裁缝依偎着莉齐靠着。正当她向莉齐吻别道晚安时,一个可怜的老男人跌跌撞撞地走了进来。“我最乖的孩子珍妮·雷恩怎么样了?”他喃喃自语道,摇摇晃晃地向她走来。然而,珍妮却用她的小手指指着他,大声吼道:“滚,你这个坏蛋,邪恶的老小孩！你这个麻烦、阴险的老东西！我知道你刚才去了哪儿,我知道你的鬼把戏,知道你所有的举止!”那个老男人开始啜泣,像一个受了责骂的小孩一样。“干活,干活,干活,从早到晚,”珍妮依旧对父亲摇晃着手指,继续说道,“一切都是为了这个家。难道你就不为自己感到羞愧吗?你这个可耻的老小孩。”

“是的,我亲爱的,是的。”带着醉意的老父亲结结巴巴地说着,一脚跌进了墙角。就这样,日复一日,这个可怜的小玩偶裁缝被这双手给拖垮了,那双本应呵护她、托起她的大手。可怜,小玩偶裁缝真可怜！一天,利尔陪着珍妮去了一趟伦敦西区,回来的路上,她们遇到了一小群人。有个醉熏熏的男子被撞倒在地,且受伤严重。“我们去看看到底怎么回事!”珍妮说道,拄着拐杖,敏捷地向前走去。她瞬间大叫了起来:“哦! 先生们,先生们,他是我的孩子,他是我的,我可怜的坏老小孩!”

“你的孩子——是你的?”一个男人重复着珍妮的话。他正准备把这个无助的家伙抬上担架,此刻担架也已经拿来了。“呀! 是老玩偶啊,醉酒的老玩偶。”人群中有人叫了一句,他们就是因为这个绰号才认识这个老男人的。

“他是她的父亲,先生。”利尔对着俯身在担架旁的医生低声说道。

“情况要糟得多,”医生回答道,“这人已经死了。”

没错,“玩偶先生”死了。为了筹集父亲简陋葬礼的费用,还要为自己买一身葬礼上穿的黑外衣,珍妮这个悲痛的小工人必须用她疲惫的手指做出更多的玩偶衣服。简陋的房间里,利尔坐在珍妮身旁,时不时说几句安慰的话。莉齐进进出出,帮她做各种各样的小东西。可珍妮的眼泪还是经常涌出,滴落在手工活上。“我可怜的孩子,”她对利尔说,“我可怜的老小孩,想想我曾经那样地责骂他。”

“你一直都是个勇敢、有耐心的好女孩,”利尔回复道,微微嘲笑了一下她关于老小孩的奇怪想法,“一直都很善良,有耐心,只是累了。”

于是,除了好心的犹太老人和她的朋友莉齐之外,那间屋子里的可怜的小主人便是独自一人了。她的房间变得漂亮舒适了,因为她所称的“专业”被人们所喜爱,而且现在也没人花费或是浪费她挣来的钱了。但是她所遭受的身体上的痛苦与从前相比并无两样,直到某个幸福的早晨,她的天使们最后一次来到,带她去了一个地方。在那里,她身上所有的病痛都永远彻底地消除了。